CARRÉS CLASSIQUES

Collection COLLÈGE dirigée par
Cécile de Cazanove
Agrégée de Lettres modernes

Jean de La Fontaine
et autres fabulistes

Le Loup dans les fables

Édition présentée par
Laurence Simonot
Certifiée de Lettres modernes

Nathan

Sommaire

Avant la lecture

Lire Le Loup dans les fables

ISBN : 978-2-09-187629-0

Après la lecture

Autres lectures

Dossier central images en couleurs

Le Loup et le Renard, illustration de Grandville (XIXᵉ s.).

Avant la lecture

Qui êtes-vous, Jean de La Fontaine ?

Avez-vous trouvé tout de suite votre vocation ?

Non, elle est venue tardivement. Je suis né en juillet 1621 à Château-Thierry, en Champagne. Mon père y est maître des Eaux et Forêts. C'est là que je fais mes études. À vingt ans, je crois avoir la vocation ecclésiastique mais je sens bien que je ne suis pas fait pour être prêtre et j'abandonne la théologie pour obtenir un titre d'avocat tout en exerçant la charge de maître des Eaux et Forêts. À cette époque déjà, **seule la littérature m'intéresse** : je passe mes nuits à apprendre des poèmes par cœur, les *Odes* de Malherbe par exemple. J'aime aussi déclamer mes propres vers.

> *« Je sens bien que je ne suis pas fait pour être prêtre. »*

Finalement, comment êtes-vous devenu écrivain ?

À 26 ans, j'épouse Marie Héricart, âgée de 14 ans. Je ne suis pas heureux malgré la naissance de mon fils car ce qui me plaît surtout, c'est d'aller à Paris. Ah, devenir écrivain, me mêler aux salons précieux, passer des heures à lire Voiture et Rabelais, voilà la vraie vie ! **En 1654, je publie *L'Eunuque*, une comédie en vers ainsi que des épîtres et des poèmes**. À la mort de mon père, en 1658, je me sépare de ma femme et m'installe enfin à Paris. Je vais enfin pouvoir débuter ma carrière littéraire.

Quels sont vos rapports avec la cour ?

Ils sont très mauvais car je veux rester libre et refuse d'écrire sur commande pour le roi. En 1658, Fouquet, alors ministre des Finances, me prend sous son aile. Pour le remercier de m'avoir accueilli dans son magnifique château de Vaux-le-Vicomte, je lui dédie *Le Songe de Vaux*. Hélas ! Le roi, jaloux de mon généreux protecteur, le fait arrêter. Je décide de lui rester fidèle malgré tout, ce qui attire sur moi la colère de Louis XIV. J'implore sa clémence dans mon *Ode au roi*. En vain, en 1661, à 40 ans, je suis forcé de m'éloigner de la cour pour quelque temps.

Dans quel contexte vos œuvres connaîtront-elles le succès ?

De retour à Paris, j'entre au service de la duchesse d'Orléans et je fréquente les salons littéraires, j'écris beaucoup : des contes frivoles et libertins que le roi s'empressera d'interdire, des nouvelles en vers. **En 1668, paraît un premier recueil de fables** inspirées d'Esope et de Phèdre, fabulistes grec et latin. Comme eux, je me sers d'animaux pour instruire les hommes. C'est un véritable succès ! J'écrirai 243 fables tout au long de ma vie. En 1669, je publie *Les Amours de Psyché et de Cupidon*.

On dit que vous avez connu des difficultés financières à la mort de votre protectrice ?

Oui, heureusement, ma grande amie, Mme de La Sablière, vient à mon secours et m'accueille chez elle. Je continue d'écrire des poèmes, des contes et des fables tout en fréquentant les plus grands écrivains de mon temps. **En 1678 paraît mon second recueil de fables** que je compléterai en 1694. À 62 ans, je suis enfin un poète reconnu : je suis même élu à l'Académie française ! Pourtant, alors que ma vie s'achève, je suis pris de remords. Ai-je bien fait de mener une existence libre et mondaine ? Je me consacre alors à la religion pour lutter contre ma peur de l'enfer. ■

« Je me sers d'animaux pour instruire les hommes. »

Jean de La Fontaine meurt le 15 avril 1695, à l'âge de 74 ans.

La France au temps de La Fontaine

◆ La mise en place d'une monarchie absolue

À la mort de son père, Louis XIV n'a que cinq ans. **La Régence** est assurée par sa mère, Anne d'Autriche, et par ses ministres, Richelieu puis Mazarin. Dès le **début de son règne**, en **1661**, **Louis XIV** veut imposer sa toute-puissance. Il concentre tous les pouvoirs, rassemble le peuple autour d'une même religion et développe l'économie de son royaume. **Le Roi Soleil** instaure progressivement une **monarchie absolue** qui impose des règles dans tous les domaines, y compris en littérature.

> *« Louis XIV veut imposer sa toute-puissance. »*

◆ La littérature au XVIIe siècle

Le XVIIe siècle est appelé le « **Grand Siècle** » car c'est une période d'effervescence littéraire. C'est le siècle de Descartes, Pascal, La Rochefoucauld, Boileau, mais aussi de Corneille, Molière, Racine, sans oublier Madame de Sévigné. Tous ces auteurs recherchent derrière les apparences du monde une vérité unique, universelle, absolue. Cette communauté d'esprit est appelée le **classicisme** et elle s'appuie sur la raison pour imposer une même langue et des règles d'écriture. Ces auteurs s'inspirent et imitent les Anciens (Aristote, Euripide, Phèdre et Ésope pour La Fontaine). Ils s'in-

1610	Début du règne de Louis XIII
1621	Naissance de Jean de La Fontaine
1635	Fondation de l'Académie française
1638	Naissance de Louis XIV
1643	Mort de Louis XIII. Régence d'Anne d'Autriche
1645	Études à Paris
1647	Mariage avec Marie Héricart
1658	Installation à Paris

téressent à la nature profonde de l'homme et veulent faire réfléchir le lecteur, sans pour autant l'ennuyer. Instruire et plaire à la fois, tel est le défi que relève La Fontaine dans ses *Fables*. ■

« Instruire et plaire à la fois. »

Vue du Château de Versailles, du côté des jardins en 1675.

1661	Début du règne de Louis XIV. Arrestation de Fouquet
1665	Première série de *Contes et Nouvelles en vers*
1668	Premier recueil de *Fables*
1673	Mort de Molière
1678 -1679	Second recueil de *Fables*
1683	La Fontaine élu à l'Académie française
1694	Dernier livre de *Fables*
1695	Mort de Jean de La Fontaine
1715	Mort de Louis XIV

Qui sont les personnages ?

Le Loup

Animal puissant craint pour sa cruauté, il est parfois tourné en ridicule et en dérision.

➨ *Pourquoi cette double identité ?*

Le Renard

Animal rusé et fier, il rivalise avec le Loup dont il est tour à tour l'ami ou l'ennemi.

➨ *Face au Loup, est-il toujours vainqueur ?*

Le Chien

C'est l'ennemi du Loup car il l'empêche de dévorer les moutons qui sont sous sa surveillance.

➨ *A-t-il vraiment une vie meilleure que son lointain cousin ?*

Les hommes

Bergers et chasseurs voient le Loup comme un animal cruel qui dévore moutons et enfants.

➨ *Pourquoi le Loup est-il leur pire ennemi ?*

L'Agneau

Animal faible, traqué par le loup, il semble n'avoir jamais aucune chance de lui échapper.

➨ *La postérité lui rendra-t-elle justice ?*

La puissance du Loup

Jean de La Fontaine

Le Loup et l'Agneau

Le Loup et la Cigogne

Le Loup et le Chien

Le Loup et l'Agneau

La raison du plus fort est toujours la meilleure :
Nous l'allons montrer[1] tout à l'heure[2].

Un Agneau se désaltérait
Dans le courant d'une onde[3] pure.
Un Loup survient à jeun[4] qui cherchait aventure[5],
Et que la faim en ces lieux attirait.
« Qui te rend si hardi[6] de troubler mon breuvage[7] ?
Dit cet animal plein de rage :
Tu seras châtié[8] de ta témérité[9].
– Sire, répond l'Agneau, que votre Majesté
Ne se mette pas en colère ;
Mais plutôt qu'elle considère
Que je me vas désaltérant[10]
Dans le courant,
Plus de vingt pas au-dessous d'Elle,
Et que par conséquent, en aucune façon,
Je ne puis troubler sa boisson.
– Tu la troubles, reprit cette bête cruelle,
Et je sais que de moi tu médis[11] l'an passé.
– Comment l'aurais-je fait si[12] je n'étais pas né ?
Reprit l'Agneau, je tette encor ma mère.
– Si ce n'est toi, c'est donc ton frère.
– Je n'en ai point. – C'est donc quelqu'un des tiens :
Car vous ne m'épargnez guère,
Vous, vos bergers, et vos chiens.
On me l'a dit : il faut que je me venge. »

Ci-contre : *Le Loup et l'Agneau*, gravure de Gustave Doré (XIXe s.).

1. Allons le montrer.
2. Tout de suite.
3. Eau.
4. Sans avoir mangé.
5. Une bonne occasion de manger.
6. Audacieux.
7. Boisson.
8. Puni.
9. Ton audace.
10. Je bois.
11. Dis du mal.
12. Puisque.

Là-dessus, au fond des forêts
Le Loup l'emporte, et puis le mange,
Sans autre forme de procès[13].

Livre I, x.

13. Discussion.

Le Loup et la Cigogne, gravure de Grandville (XIXe s.).

Le Loup et la Cigogne

Les Loups mangent gloutonnement.
Un Loup donc étant de frairie[1],
Se pressa[2], dit-on, tellement
Qu'il en pensa[3] perdre la vie :
Un os lui demeura bien avant au gosier[4].
De bonheur[5] pour ce Loup, qui ne pouvait crier,
Près de là passe une Cigogne.
Il lui fait signe, elle accourt.
Voilà l'Opératrice[6] aussitôt en besogne[7].
Elle retira l'os ; puis pour un si bon tour[8],
Elle demanda son salaire.
« Votre salaire ? dit le Loup :
Vous riez, ma bonne commère[9] !
Quoi ! ce n'est pas encor beaucoup
D'avoir de mon gosier retiré votre cou ?
Allez, vous êtes une ingrate[10] :
Ne tombez jamais sous ma patte. »

Livre III, IX.

1. Participant à un festin.
2. Dépêcha de manger.
3. Qu'il faillit en.
4. Au fond de la gorge.
5. Par chance.
6. La chirurgienne.
7. Au travail.
8. Une opération aussi réussie.
9. Amie.
10. Personne peu reconnaissante.

Le Loup et le Chien

Un Loup n'avait que les os et la peau,
Tant les Chiens faisaient bonne garde.
Ce Loup rencontre un Dogue[1] aussi puissant que beau,
Gras, poli[2], qui s'était fourvoyé par mégarde[3].
L'attaquer, le mettre en quartiers[4],
Sire Loup l'eût[5] fait volontiers ;
Mais il fallait livrer bataille,
Et le Mâtin[6] était de taille
À se défendre hardiment.
Le Loup donc l'aborde humblement,
Entre en propos[7], et lui fait compliment
Sur son embonpoint[8], qu'il admire.
« Il ne tiendra qu'à vous beau Sire,
D'être aussi gras que moi, lui repartit[9] le Chien.
Quittez les bois, vous ferez bien :
Vos pareils y sont misérables,
Cancres[10], hères[11], et pauvres diables,
Dont la condition[12] est de mourir de faim.
Car quoi ? Rien d'assuré : point de franche lippée[13] ;
Tout à la pointe de l'épée[14].
Suivez-moi : vous aurez un bien meilleur destin. »
Le Loup reprit : « Que me faudra-t-il faire ?
– Presque rien, dit le Chien, donner la chasse aux gens
Portants bâtons, et mendiants ;
Flatter ceux du logis, à son Maître complaire[15] :
Moyennant quoi votre salaire
Sera force reliefs[16] de toutes les façons :

1. Gros chien de garde.
2. Le poil luisant.
3. Perdu par erreur.
4. En pièces.
5. Aurait.
6. Gros chien.
7. Engage la conversation.
8. Sa grosseur.
9. Répondit.
10. Pauvres.
11. Miséreux.
12. Vie.
13. Bon repas obtenu sans rien faire.
14. En luttant.
15. Plaire.
16. Beaucoup de restes de nourriture.

Os de poulets, os de pigeons :
Sans parler de mainte[17] caresse. »
Le Loup déjà se forge[18] une félicité[19]
Qui le fait pleurer de tendresse.
Chemin faisant, il vit le col[20] du Chien pelé.
« Qu'est-ce là ? lui dit-il. – Rien. – Quoi ? rien ?
[– Peu de chose.
– Mais encor ? – Le collier dont je suis attaché
De ce que vous voyez est peut-être la cause.
– Attaché ? dit le Loup : vous ne courez donc pas
Où vous voulez ? – Pas toujours, mais qu'importe[21] ?
– Il importe si bien[22], que de tous vos repas
Je ne veux en aucune sorte,
Et ne voudrais pas même à ce prix un trésor. »
Cela dit, maître Loup s'enfuit, et court encor.

Livre I, v.

17. Nombreuses.
18. S'imagine.
19. Bonheur.
20. Cou.
21. Quelle importance ?
22. C'est si important.

Le Loup et le Chien,
gravure de Grandville (XIXe s.).

Pause lecture 1

Fables p. 13 à 17

La puissance du Loup

Une fable : « Le Loup et l'Agneau »

Avez-vous bien lu ?

Le Loup l'emporte sur l'Agneau car il est...

❏ plus âgé.
❏ plus intelligent.
❏ plus puissant physiquement.

Le genre de la fable

1 Que fait l'agneau au début de l'histoire ? Que cherche le loup ? Qu'arrive t-il à la fin de la fable ?

2 Observez la disposition et la fin des lignes. Comment appelle-t-on un tel texte ? Quel nom est donné à chaque ligne ?

3 Quelles différences pouvez-vous observer entre les deux premiers vers et les vers suivants ? Pourriez-vous donner un nom à ces deux parties ?

Les personnages

4 Trouvez les quatre reproches que le Loup fait à l'Agneau. Que répond l'Agneau à chacun d'entre eux ?

5 À quel reproche l'Agneau ne répond-il pas ? Pourquoi ?

6 Donnez trois adjectifs pour définir le caractère de l'Agneau puis trois autres pour celui du Loup.

Les caractéristiques de la fable

Avez-vous bien lu ?

Pourquoi le Loup refuse-t-il l'offre du Chien ?

❑ Il est paresseux.

❑ Il a peur des hommes.

❑ Il veut garder sa liberté.

La personnification

1 À quoi voit-on que les animaux se comportent comme des êtres humains ?

2 L'attitude du Loup est-elle la même face à l'Agneau, à la Cigogne et au Chien ? Justifiez pour chaque fable.

La versification

3 Dans « Le Loup et l'Agneau » (p. 13-14), cherchez des rimes plates (aabb), croisées (abab) et embrassées (abba). Pourquoi ces variations ?

4 Dans la fable « Le Loup et la Cigogne » (p. 15), comptez les syllabes des vers 5, 6 et 10. Comment s'appellent ces vers ? Comptez les syllabes des autres vers et donnez leur nom. Quel est l'effet produit par ces changements ?

La morale

5 Dans quelle fable la morale est-elle exprimée en toutes lettres ? Citez cette morale. Quel est le temps utilisé ?

6 Dans les deux autres fables, comment le lecteur repère-t-il la morale ?

Le rôle de la fable

Avez-vous bien lu ?

Le Loup retourne la situation à son avantage...

- ❏ en dévorant la Cigogne.
- ❏ en la menaçant.
- ❏ en la payant très peu.

Divertir et instruire

1 Pour chacune des fables, calculez le nombre de vers qui sont consacrés au dialogue entre les animaux. Qu'apportent ces dialogues au récit ?

2 À votre avis, quelle catégorie sociale le Loup représente-t-il dans les deux premières fables ?

Faire réfléchir et donner une vision du monde

3 À votre avis, quel(s) rôle(s) peut avoir la fable : faire réfléchir, raconter une histoire amusante ou donner une leçon de morale ?

4 Dans « Le Loup et l'Agneau » (p. 13-14), relevez les expressions employées pour désigner le Loup. La Fontaine a-t-il une bonne opinion de lui ?

5 Dans « Le Loup et la Cigogne » (p. 15), comment le Loup désigne-t-il la Cigogne ? Sur quel ton lui parle-t-il ? Pourquoi selon vous ?

6 Dans « Le Loup et le Chien » (p. 16-17), expliquez le choix du Loup.

Vers l'expression

Vocabulaire

1. Recopiez et complétez les phrases suivantes.

a. Un .... accuse injustement un .... et finit par le ....

b. Une .... sauve la vie d'un .... et n'obtient aucun(e) ....

c. Un .... rencontre un .... bien nourri qui lui propose de mener la même vie que lui. Le premier refuse cette offre car ....

2. Deux noms d'animaux (un prédateur et une proie) ont été retirés des expressions suivantes. Retrouvez-les et expliquez brièvement le sens de chaque expression.

a. Se jeter dans la gueule du ....

b. Être connu comme le .... blanc.

c. Chercher le .... à cinq pattes.

d. Revenir à nos ....

e. Avoir une faim de ....

f. Être frisé comme un ....

À vous de jouer

Rédigez un dialogue

Tel l'Agneau de la fable (p. 13-14), vous avez été accusé injustement. Racontez cette expérience sous forme d'un dialogue. Présentez les arguments que vous avez avancés pour vous défendre et ce que vous avez ressenti.

Du texte à l'image

Observez l'image → voir dossier images p. I

Julien Yémadjé (né en 1950), *Bestiaire de La Fontaine ou Comédie humaine*, appliqué sur tissu, 1994.

1. Décrivez cette image en identifiant les différents animaux. Que font-ils ?
2. Donnez le titre des fables que vous reconnaissez dans ce bestiaire.
3. Pourquoi les personnages centraux sont-ils de couleurs différentes ? Que symbolisent ces couleurs ?
4. Que pensent les hommes de « la comédie humaine » qui se joue devant eux ?
5. Pourquoi, selon vous, l'artiste a-t-il choisi de nommer son œuvre ainsi ?
6. À partir de l'étude de cette image, pouvez-vous donner une définition de la fable ?

La faiblesse du Loup

Jean de La Fontaine

Le Loup et le Renard

Le Loup et le Chien maigre

Le Loup devenu berger

Le Loup et le Renard

Mais d'où vient qu'au Renard Ésope accorde un point[1],
C'est d'exceller en tours pleins de matoiserie[2] ?
J'en cherche la raison, et ne la trouve point.
Quand le Loup a besoin de défendre sa vie,
Ou d'attaquer celle d'autrui,
N'en sait-il pas autant que lui ?
Je crois qu'il en sait plus ; et j'oserais peut-être
Avec quelque raison contredire mon maître.
Voici pourtant un cas où tout l'honneur échut[3]
À l'hôte des terriers[4]. Un soir il aperçut
La Lune au fond d'un puits : l'orbiculaire image[5]
Lui parut un ample fromage.
Deux seaux alternativement
Puisaient le liquide élément[6] :
Notre Renard, pressé par une faim canine[7],
S'accommode[8] en celui qu'au haut de la machine
L'autre seau tenait suspendu.
Voilà l'animal descendu,
Tiré d'erreur[9], mais fort en peine,
Et voyant sa perte prochaine :
Car comment remonter, si quelque autre affamé,
De la même image charmé,
Et succédant à[10] sa misère,
Par le même chemin ne le tirait d'affaire ?
Deux jours s'étaient passés sans qu'aucun vînt au puits.
Le temps qui toujours marche avait pendant deux nuits
Échancré[11] selon l'ordinaire

Ésope

Fabuliste grec du VIe siècle avant J.-C. La Fontaine s'inspire souvent de ses fables et le considère comme son « maître » (v. 8).

1. Avantage.
2. Ruse.
3. Revint.
4. Au Renard.
5. L'image circulaire.
6. L'eau.
7. Avide.
8. S'installe.
9. Ayant compris son erreur.
10. Prenant sa place dans.
11. Creusé.

De l'astre au front d'argent la face circulaire.
Sire Renard était désespéré.
Compère Loup, le gosier altéré[12],
Passe par là; l'autre dit : « Camarade,
Je veux vous régaler; voyez-vous cet objet?
C'est un fromage exquis. Le dieu Faune[13] l'a fait;
La vache Io[14] donna le lait.
Jupiter, s'il était malade,
Reprendrait l'appétit en tâtant[15] d'un tel mets.
J'en ai mangé cette échancrure[16];
Le reste vous sera suffisante pâture[17].
Descendez dans un seau que j'ai mis là exprès. »
Bien qu'au moins mal qu'il pût il ajustât l'histoire,
Le Loup fut un sot de le croire;
Il descend, et son poids, emportant l'autre part[18],
Reguinde[19] en haut maître Renard.

Ne nous en moquons point : nous nous laissons séduire
Sur aussi peu de fondement[20];
Et chacun croit fort aisément
Ce qu'il craint et ce qu'il désire.

Livre XI, VI.

12. Assoiffé.
13. Dieu des bois et des troupeaux dans la mythologie.
14. Nymphe transformée en vache.
15. Goûtant.
16. La partie qui manque.
17. Nourriture.
18. Seau.
19. Fait remonter.
20. Raison.

Le Loup et le Chien maigre

Autrefois Carpillon fretin[1]
Eut beau prêcher, il eut beau dire ;
On le mit dans la poêle à frire.
Je fis voir[2] que lâcher ce qu'on a dans la main,
Sous espoir de grosse aventure[3],
Est imprudence toute pure.
Le Pêcheur eut raison ; Carpillon n'eut pas tort :
Chacun dit ce qu'il peut pour défendre sa vie.
Maintenant il faut que j'appuie
Ce que j'avançai lors[4] de quelque trait[5] encor.

Certain Loup, aussi sot que le Pêcheur fut sage,
Trouvant un Chien hors du village,
S'en allait l'emporter ; le Chien représenta[6]
Sa maigreur : « Jà[7] ne plaise à votre seigneurie
De me prendre en cet état-là ;
Attendez, mon maître marie
Sa fille unique. Et vous jugez
Qu'étant de noce, il faut, malgré moi que j'engraisse. »
Le Loup le croit, le Loup le laisse.
Le Loup, quelques jours écoulés,
Revient voir si son Chien n'est point meilleur à prendre.

Mais le drôle[8] était au logis.
Il dit au Loup par un treillis[9] :
« Ami, je vais sortir. Et, si tu veux attendre,
Le portier du logis et moi

1. Un petit poisson.
2. Allusion à une autre fable, « Le petit Poisson et le Pêcheur », (v. 10-11).
3. Un gros bénéfice.
4. Alors.
5. Exemple.
6. Lui montra.
7. Que jamais.
8. Rusé.
9. Une fenêtre grillagée.

Nous serons tout à l'heure[10] à toi. »
Ce portier du logis était un Chien énorme,
Expédiant[11] les Loups en forme[12].
Celui-ci s'en douta. « Serviteur[13] au portier, »
Dit-il ; et de courir. Il était fort agile ;
Mais il n'était pas fort habile :
Ce Loup ne savait pas encor bien son métier.

Livre IX, X.

11. Tuant.
12. Selon les règles.
13. Merci bien.

Le Loup devenu Berger

Un Loup qui commençait d'avoir petite part[1]
Aux Brebis de son voisinage,
Crut qu'il fallait s'aider de la peau du Renard
Et faire[2] un nouveau personnage.
Il s'habille en Berger, endosse un hoqueton[3],
Fait sa houlette[4] d'un bâton,
Sans oublier la cornemuse[5].
Pour pousser jusqu'au bout la ruse,
Il aurait volontiers écrit sur son chapeau :
« C'est moi qui suis Guillot, Berger de ce troupeau. »
Sa personne étant ainsi faite[6]
Et ses pieds de devant posés sur sa houlette,
Guillot le sycophante[7] approche doucement.
Guillot le vrai Guillot étendu sur l'herbette,
Dormait alors profondément ;
Son chien dormait aussi, comme aussi sa musette[8].
La plupart des Brebis dormaient pareillement.
L'hypocrite les laissa faire ;
Et pour pouvoir mener vers son fort[9] les Brebis,
Il voulut ajouter la parole aux habits,
Chose qu'il croyait nécessaire.
Mais cela gâta son affaire :
Il ne put du Pasteur[10] contrefaire[11] la voix.
Le ton dont il parla fit retentir les bois,
Et découvrit tout le mystère.
Chacun se réveille à ce son,
Les Brebis, le Chien, le Garçon[12].

1. De profiter un peu.
2. Jouer.
3. Une veste de paysan.
4. Son bâton de berger.
5. Instrument de musique.
6. Déguisée.
7. Traître.
8. Cornemuse.
9. Repaire.
10. Berger.
11. Imiter.
12. Berger.

Le pauvre Loup, dans cet esclandre[13],
Empêché par son hoqueton,
Ne put ni fuir ni se défendre.
Toujours par quelque endroit fourbes[14] se laissent
[prendre.
Quiconque est Loup agisse en Loup :
C'est le plus certain de beaucoup[15].

Livre III, III.

13. Incident fâcheux.
14. Perfides.
15. Tout.

Le Loup devenu berger,
gravure de Gustave Doré (XIXe s.).

Pause lecture 2

Fables p. 24 à 29

La faiblesse du Loup

L'art du récit : « Le Loup et le Renard »

Avez-vous bien lu ?

Le Loup descend dans le puits car…

❑ il veut aider le Renard.

❑ il veut boire.

❑ il pense que le reflet de la lune est un fromage.

L'art de la mise en scène

1 Relisez le discours de Renard (vers 31 à 39) et comptez les verbes d'action. Quel est l'effet produit ? Comment s'appellent ces vers ?

2 Du vers 9 au vers 43, relevez les expressions qui désignent le Renard. Faites de même pour le Loup. Quel personnage est valorisé ?

3 Comment les paroles du Renard sont-elles rapportées ? Quel est l'effet produit par ce choix ?

L'art de parler au lecteur

4 Relevez les marques de la première personne des vers 1 à 8 et des vers 44 à 47. À qui renvoient-elles ?

5 Quelle relation La Fontaine établit-il ainsi avec son lecteur ?

L'humour de La Fontaine

Avez-vous bien lu ?

Pourquoi le Loup ne mange-t-il pas le Chien maigre ?

❏ Ils sont devenus amis.
❏ Il y a un très gros chien dans le jardin.
❏ Le Chien est encore trop maigre.

Des situations humoristiques

1 À la fin de ces trois fables, qu'arrive-t-il au Loup ?

2 Dans « Le Loup et le Renard » et « Le Loup et le Chien maigre », pourquoi le Loup se fait-il abuser ? Comment est-il qualifié au vers 41 de la première fable (p. 24) ? Où retrouvez-vous ce mot (p. 25) ?

3 Grâce aux vers 1 à 8 dans « Le Loup et le Renard » et aux vers 1 à 10 dans « le Loup et le Chien maigre », que sait le lecteur avant de lire l'histoire ? À quoi sert cette annonce ?

Les interventions du fabuliste

4 Dans « Le Loup et le Renard », La Fontaine intervient directement au début et à la fin de la fable. Dans quelle autre fable parle-t-il à la première personne ? Quel effet cette intervention produit-elle ?

5 « Ce Loup ne savait pas encor bien son métier » (v. 32, « Le Loup et le Chien maigre »), « Le pauvre Loup » (v. 28, « Le Loup devenu Berger »). À votre avis, La Fontaine plaint-il vraiment le Loup ? Justifiez.

La morale dans les fables

Avez-vous bien lu ?

Dans « Le Loup et le Chien maigre », Le Loup se fait prendre car…

- ❑ le Berger faisait juste semblant de dormir.
- ❑ il n'a pas réussi à imiter la voix humaine.
- ❑ son déguisement le trahit.

La place de la morale

1. Dans les trois fables, où se situe la morale ? Citez les vers avec précision.
2. Dans quelles fables la morale est-elle facile à repérer ? Pourquoi ?

Les destinataires de la morale

3. À quel temps sont les verbes dans les morales ? Quelle est la valeur de ce temps ?
4. Dans « Le Loup et le Renard », La Fontaine utilise le pronom *nous* dans la morale. Qui représente ce *nous* ?
5. Reformulez la morale de chaque fable en une ou deux phrases.
6. Sur quels défauts humains La Fontaine veut-il faire réfléchir ?
7. Comparez le personnage du Loup dans les trois premières fables du recueil (p. 13 à 17) et dans les trois suivantes (p. 24 à 29). Que remarquez-vous ? Quelle explication suggère La Fontaine au dernier vers de la fable « Le Loup et le Chien maigre » ?

Vers l'expression

Vocabulaire

1. Quelle fable illustre chacune de ces phrases ?

a. Il est dangereux de lâcher la proie pour l'ombre.

b. Inutile d'essayer de changer sa nature.

c. Chacun croit ce qu'il a envie de croire.

2. Tous les animaux ont été mélangés. À vous d'y remettre bon ordre en recopiant les bonnes expressions !

a. Pleurer des larmes de coq. ➜ ....

b. Prendre le dindon par les cornes. ➜ ....

c. Être comme un crocodile en pâte. ➜ ....

d. Prendre la poule. ➜ ....

e. Être une puce mouillée. ➜ ....

f. Être le taureau de la faré. ➜ ....

À vous de jouer

Rédigez un récit au service d'une morale

Imaginez un récit pour illustrer une des morales africaines suivantes. Comme La Fontaine, vous mettrez en scène des animaux.

– Attends d'avoir traversé la rivière avant de dire au crocodile qu'il est laid. (Gambie)
– Un grain de maïs a toujours tort devant une poule. (Bénin)
– Une seule main ne peut nouer un paquet. (Cameroun)
– Quand le chat part en voyage, les souris sortent le tam-tam. (Côte-d'Ivoire)

Du texte à l'image

Observez la gravure → voir dossier images p. II

Jean-Baptiste Oudry (1686-1755),
Le Loup devenu Berger,
huile sur toile, 1772,
musée Jean de La Fontaine,
Château-Thierry.

1 Quel passage de la fable représente ce tableau ?

2 Quels personnages de la fable l'illustrateur a-t-il choisi de peindre ? À votre avis, pourquoi n'a-t-il pas représenté les autres personnages ?

3 Trouvez les deux accessoires, cités dans la fable, que le loup a empruntés au berger. Pourquoi est-ce que ce sont des attributs essentiels au berger ?

4 L'habit de berger porté par le loup est-il à sa taille ? Pourquoi ce détail de l'illustration annonce-t-il la fin de la fable ?

5 Quelles sont les deux couleurs dominantes du tableau ? Comment expriment-elles l'opposition entre la douceur et la violence ?

Le Loup, miroir des hommes ?

Jean de La Fontaine

Le Loup et les Bergers
Le Loup et le Chasseur
Le Loup, la Mère et l'Enfant

Le Loup et les Bergers

Un Loup rempli d'humanité[1]
(S'il en est de tels dans le monde)
Fit un jour sur sa cruauté,
Quoiqu'il ne l'exerçât que par nécessité[2],
Une réflexion profonde.
« Je suis haï, dit-il, et de qui ? De chacun.
Le Loup est l'ennemi commun :
Chiens, chasseurs, villageois, s'assemblent pour
[sa perte.
Jupiter est là-haut étourdi[3] de leurs cris :
C'est par là[4] que de Loups l'Angleterre est déserte[5],
On y mit notre tête à prix.
Il n'est hobereau[6] qui ne fasse
Contre nous tels bans[7] publier ;
Il n'est marmot[8] osant crier
Que du Loup aussitôt sa mère ne menace.
Le tout pour un Âne rogneux[9],
Pour un Mouton pourri[10], pour quelque Chien hargneux,
Dont j'aurai passé mon envie[11].
Eh bien ! ne mangeons plus de chose ayant eu vie :
Paissons l'herbe, broutons ; mourons de faim plutôt.
Est-ce une chose si cruelle ?
Vaut-il mieux s'attirer la haine universelle ? »
Disant ces mots il vit des Bergers pour leur rôt[12],
Mangeant un agneau cuit en broche.
« Oh, oh, dit-il, je me reproche
Le sang de cette gent[13]. Voilà ses gardiens

Ci-contre :
Le Loup et les Bergers,
gravure de Grandville
(XIXe s.).

1. De bonté.
2. Contraint et forcé.
3. Assourdi.
4. À cause de leurs plaintes.
5. Dépeuplée.
6. Petit seigneur.
7. Telles proclamations.
8. Enfant.
9. Atteint de la gale.
10. Malade.
11. Envie de manger.
12. Rôti.
13. Espèce.

S'en repaissant[14], eux et leurs chiens;
Et moi, Loup, j'en ferai scrupule[15] ?
Non, par tous les Dieux ! Non; je serais ridicule.
Thibaut l'agnelet passera[16]
Sans qu'à la broche je le mette;
Et non seulement lui, mais la mère qu'il tette,
Et le père qui l'engendra. »
Ce Loup avait raison. Est-il dit qu'on nous voie
Faire festin de toute proie,
Manger les animaux, et nous les réduirons[17]
Aux mets de l'âge d'or[18] autant que nous pourrons ?
Ils n'auront ni croc[19] ni marmite ?
Bergers, bergers, le loup n'a tort
Que quand il n'est pas le plus fort :
Voulez-vous qu'il vive en ermite ?

Livre X, v.

14. En mangeant de bon appétit.
15. Je me l'interdirai ?
16. Mourra.
17. Obligerons.
18. À un régime végétarien.
19. Crochet de boucherie.

Le Loup et le Chasseur

Fureur d'accumuler[1], monstre de qui les yeux
Regardent comme un point[2] tous les bienfaits des Dieux,
Te combattrai-je en vain sans cesse en cet ouvrage ?
Quel temps[3] demandes-tu pour suivre mes leçons ?
L'homme, sourd à ma voix comme à celle du sage,
Ne dira-t-il jamais : « C'est assez, jouissons[4] ? »
– Hâte-toi, mon ami, tu n'as pas tant à vivre.
Je te rebats[5] ce mot, car il vaut tout un livre :
Jouis. – Je le ferai. – Mais quand donc ? – Dès demain.
Eh ! mon ami, la mort te peut prendre en chemin :
Jouis dès aujourd'hui : redoute un sort semblable
À celui du Chasseur et du Loup de ma fable. »

Le premier de son arc avait mis bas[6] un Daim.
Un Faon de Biche passe, et le voilà soudain
Compagnon du défunt ; tous deux gisent sur l'herbe.
La proie était honnête[7] ; un Daim avec un Faon ;
Tout modeste Chasseur en eût[8] été content :
Cependant un Sanglier, monstre énorme et superbe,
Tente encor notre archer, friand[9] de tels morceaux.
Autre habitant du Styx[10] : la Parque[11] et ses ciseaux
Avec peine y mordaient ; la Déesse infernale
Reprit à plusieurs fois l'heure au monstre fatale[12].
De la force du coup pourtant il s'abattit.
C'était assez de biens[13] ; mais quoi ? rien ne remplit
Les vastes appétits d'un faiseur de conquêtes.
Dans le temps que[14] le Porc[15] revient à soi, l'archer

1. Avarice.
2. Rien.
3. Délai.
4. Profitons de la vie.
5. Répète.
6. Tué.
7. Suffisante.
8. Aurait.
9. Gourmand.
10. Fleuve des enfers.
11. Divinité qui coupe le fil de la vie dans la mythologie.
12. S'y reprit à plusieurs fois pour faire mourir le monstre.
13. Gibiers.
14. Au moment où.
15. Sanglier.

Voit le long d'un sillon une Perdrix marcher,
Surcroît chétif[16] aux autres têtes.
De son arc toutefois il bande les ressorts.
Le Sanglier, rappelant les restes de sa vie[17],
Vient à lui, le découd[18], meurt vengé sur son corps;
Et la Perdrix le remercie.

Cette part du récit s'adresse au convoiteux[19] :
L'avare aura pour lui le reste de l'exemple.

Un Loup vit, en passant, ce spectacle piteux[20].
« Ô Fortune, dit-il, je te promets un temple.
Quatre corps étendus! que de biens! mais pourtant
Il faut les ménager[21], ces rencontres sont rares.
(Ainsi s'excusent les avares.)
J'en aurai, dit le Loup, pour un mois, pour autant[22].
Un, deux, trois, quatre corps, ce sont quatre semaines,
Si je sais compter, toutes pleines.
Commençons dans deux jours; et mangeons cependant
La corde de cet arc; il faut que l'on l'ait faite
De vrai boyau[23]; l'odeur me le témoigne assez. »
En disant ces mots, il se jette
Sur l'arc qui se détend, et fait de la sagette[24]
Un nouveau mort, mon Loup a les boyaux percés.

Je reviens à mon texte[25]. Il faut que l'on jouisse;
Témoin ces deux gloutons punis d'un sort commun :
La convoitise perdit l'un;
L'autre périt par l'avarice.

Livre VIII, XXVII.

16. Petit supplément.
17. Revenant à la vie.
18. L'éventre.
19. Celui qui veut toujours davantage.
20. Misérable.
21. Économiser.
22. Pas moins.
23. Intestin.
24. Flèche.
25. Histoire.

Le Loup, la Mère et l'Enfant

Ce Loup[1] me remet en mémoire
Un de ses compagnons qui fut encor mieux pris :
Il y périt; voici l'histoire :

Un villageois avait à l'écart son logis.
Messer[2] Loup attendait chape-chute[3] à la porte.
Il avait vu sortir gibier de toute sorte :
Veaux de lait, Agneaux et Brebis,
Régiments de Dindons, enfin bonne Provende[4].
Le larron[5] commençait pourtant à s'ennuyer.
Il entend un enfant crier.
La mère aussitôt le gourmande[6],
Le menace, s'il ne se tait,
De le donner au Loup. L'Animal se tient prêt,
Remerciant les Dieux d'une telle aventure[7],
Quand la Mère, apaisant sa chère géniture[8],
Lui dit : « Ne criez point; s'il vient, nous le tuerons.
– Qu'est ceci ? s'écria le mangeur de moutons.
Dire d'un, puis d'un autre[9] ? Est-ce ainsi que l'on traite
Les gens faits comme moi ? me prend-on pour un sot ?
Que[10] quelque jour ce beau marmot
Vienne au bois cueillir la noisette ! »
Comme il disait ces mots, on sort de la maison :
Un chien de cour[11] l'arrête. Épieux[12] et fourches-fières[13]
L'ajustent[14] de toutes manières.
« Que veniez-vous chercher en ce lieu ? » lui dit-on.
Aussitôt il conta l'affaire.

1. Cette fable fait suite à la fable « le Loup, la Chèvre et le Chevreau » (XV).
2. Messire.
3. Une occasion favorable.
4. Nourriture.
5. Brigand.
6. Gronde.
7. Coïncidence heureuse.
8. Son enfant.
9. Changer d'avis.
10. Pourvu que.
11. De garde.
12. Bâtons.
13. Fourches à longs manches et à dents de fer.
14. Le maltraitent.

« Merci de moi[15] ! lui dit la Mère,
Tu mangeras mon Fils ! L'ai-je fait[16] à dessein[17]
Qu'il assouvisse[18] un jour ta faim ? »
On assomma la pauvre bête.
Un manant[19] lui coupa le pied droit et la tête :
Le Seigneur du village à sa porte les mit ;
Et ce dicton picard[20] à l'entour[21] fut écrit :

Biaux chires Leups, n'écoutez mie
Mère tenchent chen fieux qui crie[22].

Livre IV, XVI.

16. Mis au monde.
17. Pour.
18. Apaise.
19. Paysan.
20. De Picardie.
21. Autour.
22. « Beaux sires-loups, n'écoutez pas une Mère tançant (grondant) son fils qui crie. »

Le Loup, la Mère et l'Enfant, gravure de Gustave Doré (XIXe s.).

Pause lecture 3

Fables p. 37 à 42

Le Loup, miroir des hommes ?

Le Loup, un personnage humanisé

Avez-vous bien lu ?

Dans « Le Loup et le Chasseur », qu'arrive-t-il au Loup à la fin de l'histoire ?

❏ Il se fait tuer par le chasseur.
❏ Il meurt à cause de son avarice.
❏ Il repart après avoir bien mangé.

Le Loup à l'image de l'homme

1 À quels personnages le loup est-il confronté dans « Le Loup et les Bergers », « Le Loup et le Chasseur » et « Le Loup, la Mère et l'Enfant » ? Qu'ont-ils en commun ?

2 Dans les vers 1 à 5 de la fable « Le Loup et les Bergers », montrez que le loup est semblable aux hommes.

3 Dans la fable « Le Loup et le Chasseur », quel défaut humain le Loup a-t-il adopté ?

4 Dans cette fable, le Loup a-t-il été plus sage que l'homme ? Concluez.

Le Loup supérieur à l'homme

5 Dans la fable « Le Loup, la Mère et l'Enfant », quel reproche le Loup adresse-t-il aux hommes (vers 17 à 19) ? Quelle image donne t-il de lui-même ?

6 Qu'avait décidé le Loup dans « Le Loup et les Bergers » ? Pourquoi ?

7 Qu'est-ce qui le fait changer d'avis ? Qui semble le plus logique : le Loup ou les hommes ?

Les paroles du Loup

Avez-vous bien lu ?

Dans « Le Loup et les Bergers », le Loup parle...

❑ aux bergers.
❑ à lui-même.
❑ à l'agneau qu'il va manger.

Les monologues du Loup

1 Lisez uniquement les parties de récit de la fable « Le Loup et les Bergers ». La fable est-elle compréhensible ? Qu'apportent les paroles du Loup ?

2 Quel personnage prend la parole dans « Le Loup et le Chasseur » ? Est-ce celui qui devrait parler normalement ? Pourquoi le fait-il ? Quel est l'effet produit ?

Les dialogues entre le Loup et les hommes

3 Dans « Le Loup, la Mère et l'Enfant », remettez dans l'ordre les différentes prises de parole : le Loup à lui-même ; les hommes au Loup (deux fois) ; la Mère à l'Enfant ; la Mère au Loup ; le Loup aux hommes.
Précisez s'il s'agit de discours direct, indirect ou d'un résumé de paroles.

4 Quand les hommes parlent au Loup, quels types de phrases utilisent-ils ? Que concluez-vous sur leurs relations ?

5 Dans « Le Loup, la Mère et l'Enfant », à quel moment s'établit un dialogue ? Entre qui et qui ?

Le Loup victime des hommes

Avez-vous bien lu ?

Dans « Le Loup, la Mère et l'Enfant », à qui s'adresse le dicton picard ?

❏ Aux enfants.

❏ Aux mères.

❏ Aux loups.

La crainte du Loup

1 Relisez les vers 6 à 15 de la fable « Le Loup et les Bergers » et citez tous les ennemis du Loup. Quel sentiment éprouve-t-il face à cette hostilité ?

2 L'image du Loup donnée par les mères à leurs enfants vous rappelle-t-elle un conte ? Lequel ? Dans ce conte, comment est décrit le Loup ?

La chasse au Loup

3 Dans « Le Loup, la Mère et l'Enfant », quel vers raconte la mort du Loup ? Combien a-t-il de syllabes ? Que souligne sa brièveté ?

4 Quelle leçon les hommes donnent-ils aux loups ?

La raison du plus fort

5 Dans « Le Loup, la Mère et l'Enfant », relevez les groupes nominaux qui désignent le Loup. Sont-ils tous négatifs ? Justifiez votre réponse.

6 Quelle comparaison pourriez-vous faire entre cette fable et « Le Loup et l'Agneau » (p. 13-14) ? Qui serait le Loup ? Qui serait l'Agneau ?

Vers l'expression

Vocabulaire

1. Retrouvez l'animal auquel est comparé l'homme :

a. Dormir comme ....

b. Manger comme ....

c. Bavard comme ....

d. Fier comme ....

e. Nager comme ....

2. Que signifient ces mots ou expressions lorsqu'ils se rapportent à des humains ?

Une oie blanche – un ours mal léché – une langue de vipère – un pigeon – une tigresse.

À vous de jouer

Écrivez un récit

Choisissez une fable et réécrivez-la en prose, dans un niveau de langue courant.

Organisez un débat

Les loups sont maintenant une espèce protégée. Leur nombre a beaucoup augmenté ; certains bergers se plaignent de leurs ravages et veulent organiser des battues. Divisez-vous en deux groupes : les uns prendront le parti des protecteurs des loups, les autres, celui des bergers.

Du texte à l'image

Observez le tableau → voir dossier images p. III

Eugène Grasset (1845-1917), *Chasse au Loup au Moyen Âge*, illustration, vers 1880.

1. Décrivez les différents éléments de cette illustration.
2. Pourquoi le combat est-il inégal ? Citez les armes des uns et des autres.
3. Le Loup représenté sur ce dessin est-il conforme à la réalité ? Pourquoi est-il représenté ainsi ? Quelle image de l'animal l'illustrateur veut-il nous donner ?
4. Décrivez les expressions et la posture des hommes et des chevaux. Sont-ils certains de gagner le combat ?
5. Décrivez l'atmosphère générale qui se dégage de cette scène. À votre avis, quelle va être l'issue de cette chasse au loup ?

Mise en scène des *Fables* par Robert Wilson,
Comédie-Française, 2004 (détail).

→ Du texte à l'image p. 22

Bestiaire de La Fontaine ou Comédie humaine

Julien Yémadjé (né en 1950), appliqué sur tissu, 1994.

→ Du texte à l'image p. 34

Le Loup devenu Berger

Jean-Baptiste Oudry (1686-1755), huile sur toile, 1772, musée Jean de La Fontaine, Château-Thierry.

→ Du texte à l'image p. 47

Chasse au Loup au Moyen Âge

Eugène Grasset (1845-1917), illustration, vers 1880.

→ Du texte à l'image p. 61

Rubique-à-brac

Gotlib (né en 1934), bande dessinée, 2006.

Variations sur « Le Loup et l'Agneau »

Le Loup et l'Agneau, Ésope

Le Loup et l'Agneau, Pierre Perret

Le Lourdeau et l'Agnostique, Jean-Louis Le Dizet

La Contrefable du Loup et de l'Agneau, Gudule

Le Loup timide, Gérard Bocholier

LE LOUP
ET L'AGNEAU

Le Loup et l'Agneau

Ésope

Écrivain grec, esclave affranchi, il a vécu au VIe siècle avant J.-C. C'est le premier auteur de fables en prose, très connu dans l'Antiquité.

UN LOUP, VOYANT UN AGNEAU qui buvait à une rivière, voulut alléguer un prétexte spécieux[1] pour le dévorer. C'est pourquoi, bien qu'il fût lui-même en amont[2], il l'accusa de troubler l'eau et de l'empêcher de boire. L'agneau répondit qu'il ne buvait que du bout des lèvres, et que d'ailleurs, étant à l'aval, il ne pouvait troubler l'eau en amont. Le loup, ayant manqué son effet, reprit : « Mais l'an passé tu as insulté mon père. – Je n'étais pas même né à cette époque », répondit l'agneau. Alors le loup reprit : « Quelle que soit ta facilité à te justifier, je ne t'en mangerai pas moins. »

Cette fable montre qu'auprès de gens décidés à faire le mal la plus juste défense reste sans effet.

Ésope, *Fables,* traduction E. Chambry,

1. Trouver un faux prétexte.
2. Plus près de la source que l'agneau situé en aval, plus bas.

Ci-contre : *Le Loup et l'Agneau*, illustration de Félix Lorioux (XXe s.).

Pierre Perret

Auteur, compositeur et interprète, né en 1934, Pierre Perret est un poète qui manie la langue française avec humour et tendresse afin de faire rire son public. Il a réécrit certaines fables de La Fontaine en argot.

Le Loup et l'Agneau

Sur le vaste échiquier de not' mond' de misère
Un agnelet nature qui tétait l'onde claire
Se gourait pas un poil[1] éclusant la lancequine[2]
Qu'un loup l'cherchait partout pour en faire un Tajine.
– Viens ici p'tit loubard, qui t'a filé l'condé[3]
De tremper ton gros blair[4] dans mon sirop d'ablette ?
– Mais sire, je savais pas, j'en ai sifflé[5] qu'un dé
Ce n'est pas pour si peu que vous m'faites la courette[6] ?
Le loup à toute bubure[7] enjambe le cresson
Poursuivant l'innocent qui a plus un poil de sec.
Le loup certes est plus fort, mais en guise de leçon
On verra qu'un teigneux peut tomber sur un bec[8].
Finalement comme chez nous, y a des moutons bêlants
Y a des faibles et des forts, y a des noirs et des blancs…
Le roi, lui, il s'en tape[9], il est pas dans l'troupeau
Il compte en s'endormant ceux qui paient des impôts.
Moralité : Tuer un p'tit agneau sans défense ?…
[C'est bien laid…
Mais c'est pas dégueulasse avec des flageolets[10] !

Pierre Perret, *Le Petit Perret des Fables*,
© J.-C Lattès, 1990.

1. Ne se doutait pas du tout.
2. Buvant l'eau.
3. Idée.
4. Nez.
5. Bu.
6. Me cherchez des histoires.
7. Allure.
8. Quelqu'un qui lui répond.
9. Moque.
10. Haricots blancs.

Le Lourdeau et l'Agnostique

Un Agnostique se désaltérait
Dans la courbure d'un ongle purpurin
Un Lourdeau survint à jeun cherchant un avertissement
Et que le faire-valoir de ses lieutenants attirait.
« Qui te rend si hâtif de troubler mon bricolage ?
Dit cet animiste plein de rahat-lokoum
Tu seras châtié de ta température !

– Sire, répond l'Agnostique, que votre Majoration
Ne se mette pas en colimaçon,
Mais plutôt qu'elle considère
Que je me vas désaltérant
Dans la courbure
Plus de vingt passacailles au-dessous d'elle,
Et que, par conséquent, par aucun facteur,
Je ne puis troubler un boit-sans-soif…

– Tu le troubles, reprit ce béton cryptogénétique,
Et je sais que de moi tu médis dans l'anacardier…
– Comment l'aurais-je fait si je n'étais pas né,
Reprit l'Agnostique, je tète encore ma merise !

– Si ce n'est toi c'est donc ton frétillement.
– Je n'en ai point. – C'est donc quelqu'un des tiens,
Car vous ne m'épargnez guère
Vous, vos berlines et vos chiffons…
On me l'a dit : il faut que je me venge… »

S + 7, une formule mathémagique

Mise au point par l'Oulipo (association d'écrivains), la formule S + 7 consiste à remplacer chaque nom, chaque adjectif par le septième mot de même classe grammaticale qui le suit dans le dictionnaire. L'effet produit est amusant et burlesque : on reconnaît la fable même si elle ne ressemble en rien à l'original.

Là-dessus, au fondement des forficules
Le Lourdeau l'emporte et puis le mange
Sans autre formulaire de processus…

Jean-Louis Le Dizet, *Jouer avec les poètes*,

La Contrefable du Loup et de l'Agneau

Ayant perpétré son forfait[1]
Le loup s'endormit, satisfait,
Se croyant à l'abri de toute représaille[2].
Mais le berger l'avait surpris.
Il alla quérir[3] son fusil
Et de trois coups de crosse éveilla la canaille.
« Pitié, épargnez-moi ! dit le loup en pleurant,
J'ai mal agi, je me repens[4],
La faim est mon unique excuse.
Si vous daignez me pardonner
Je vous serai tout dévoué. »
Cet homme est bon, et le tueur que tout accuse
L'attendrit, malgré lui.
« Te corrigeras-tu, si je cède, gredin ?
– Je vous promets que oui.
– Deviendras-tu végétarien ?
– Je le jure. » Il le fit.

Gudule

Anne Guduël, de son vrai nom, est un auteur contemporain. Elle a écrit des œuvres destinées à la jeunesse et un recueil de *Contrefables* dans lequel elle cherche à « rendre justice aux victimes » des fables de La Fontaine.

1. Commis son crime.
2. Vengeance.
3. Chercher.
4. Je regrette.

À dater de ce jour, l'animal sanguinaire
Par le remords saisi
S'attache aux pas[5] du berger tutélaire[6]
Et de légumes se nourrit.
Jamais troupeau n'eut chien plus vigilant[7]
Ni berger gardien plus soumis.
Il est d'affreuses gens
Dont une main tendue a changé l'existence.
Quoi qu'un vain[8] peuple en pense,
Peine de mort est un vil[9] châtiment.
Quand il remplace la vengeance,
Le pardon transforme souvent
En compagnon fidèle un ennemi d'antan[10].

Gudule, « *Après vous, Monsieur de La Fontaine* », *Contrefables*,

5. Suit fidèlement.
6. Protecteur.
7. Attentif.
8. Sot.
9. Méprisable.
10. Autrefois.

Gérard Bocholier

Né en 1947 à Clermont-Ferrand, il est professeur de Lettres. Il a obtenu le prix de la poésie Jeunesse en 1991 pour son recueil *Poèmes du petit bonheur*.

Le Loup timide

Un agneau se désaltérait
Dans le courant d'une onde pure.
Un loup survint, timide et n'osant l'aventure
Que sa grand-mère lui lisait
Dans un célèbre fablier[1].
« Sire, lui dit l'agneau, que Votre Majesté
Prenne un peu plus d'audace.
L'honneur de votre race
En dépend, faites vite !
– Je viens boire et croquer seulement ces myrtilles,
Répondit le timide.
– Vous plaisantez ? – Non pas.
Épargne-moi tes moqueries.
Je suis de ces loups blancs[2] qui sont, dans les familles,
Toujours montrés du doigt. »
Dans le fond des forêts il détale[3]
Et l'agneau se noie,

Car il était fort maladroit.

Point de vrai loup, point de morale !

Gérard Bocholier, *Jouer avec les poètes*,

1. Livre de fables.
2. Indignes.
3. S'enfuit.

Pause lecture 4

Fables p. 51 à 56

Variations sur « Le Loup et l'Agneau »

La Fontaine et Ésope

Avez-vous bien lu ?

Dans la fable p. 51, le Loup a pris la décision de manger l'Agneau...

❏ dès qu'il l'a vu.

❏ pendant leur conversation.

❏ après avoir parlé avec lui.

Des récits différents

1 Quel animal est cité en premier dans les fables d'Ésope et de La Fontaine ?

2 Quel fabuliste réserve une plus grande part au dialogue entre les personnages ? Pour quelle raison ?

3 Quels reproches du Loup ne trouve-t-on pas dans la fable d'Ésope ? Pourquoi la Fontaine les a-t-il ajoutés ?

Des morales différentes

4 Relevez les groupes nominaux qui désignent le Loup dans les deux fables (p. 13 et 51). Que remarquez-vous ?

5 Ésope condamne-t-il le comportement du Loup ? Et La Fontaine ? Justifiez votre réponse. Dans quelle fable le narrateur intervient-il le plus ?

6 Relisez les morales des deux fables. Comparez la représentation du Loup chez Ésope et chez La Fontaine. Est-il perçu de la même manière ?

La fable, un genre toujours vivant

Avez-vous bien lu ?

Quel auteur propose une réécriture de la fable de La Fontaine en argot ?

❑ Ésope.

❑ Pierre Perret.

❑ Gudule.

Des fables plus légères

1 Jusqu'à quel vers l'histoire de Pierre Perret est-elle fidèle à celle de La Fontaine ? À quoi le poète encourage-t-il le lecteur ?

2 À quelle classe grammaticale appartiennent les mots de La Fontaine que Jean-Louis Le Dizet a conservés ? Pourquoi le lecteur est-il amusé ?

3 Qu'a changé Gérard Bocholier ? Expliquez sa morale.

Des fables plus optimistes

4 Quel « forfait » a commis le Loup dans « La Contrefable du Loup et de l'Agneau » ?

5 Quelle est l'évolution du Loup au fil de cette contrefable ?

6 Contre quoi s'élève Gudule dans sa morale ?

Le pastiche et la parodie

Avez-vous bien lu ?

Une contrefable est...

❑ le contraire d'une fable.

❑ une fable contre « Le Loup et l'Agneau ».

❑ une fable qui imite celle de la Fontaine mais qui en change la morale.

Le pastiche

1 Comme La Fontaine, Gudule utilise différentes formes de rimes (abab, abba). Montrez-le. Quels types de vers utilise-t-elle ?

2 Dans quel niveau de langue la fable est-elle écrite ? Justifiez votre réponse.

La parodie

3 Les vers riment-ils dans la fable de J.-L. Le Dizet ? Sont-ils de longueurs variées ? Pourquoi, à votre avis ?

4 Citez des vers de cette fable qui n'ont aucun sens. À quoi le lecteur reconnaît-il toutefois la fable de La Fontaine ?

Entre pastiche et parodie

5 Dans la fable de P. Perret, les vers riment-ils ? En quel type de vers la fable est-elle écrite ? En quoi est-elle différente de celle de La Fontaine ?

6 Dans quel niveau de langue la fable de G. Bocholier est-elle écrite ? Qui meurt à la fin ? Est-ce de la faute du Loup ?

Vers l'expression

Vocabulaire

1. Complétez ces extraits de fables avec les mots suivants : ***maintenant*, *festin*, *peau*, *fête*, *os*, *déplaise*, *aise*.**

a. « Le régal fut fort honnête,
Rien ne manquait au ....
Mais quelqu'un troubla la .... » (« Le Rat des villes et le Rat des champs »)

b. « Un loup n'avait que les .... et la .... » (« Le Loup et le Chien »)

c. « – Nuit et jour à tout venant,
Je chantais, ne vous ....
– Vous chantiez ? J'en suis fort ....
Eh bien ! dansez .... » (« La Cigale et la Fourmi »)

2. Ces devinettes renvoient à des animaux mis en scène par La Fontaine dans ses fables. Retrouvez-les !

a. Je suis le roi des animaux. ➜ Je suis ....
b. Je ne suis pas prêteuse. ➜ Je suis ....
c. Je chante tout l'été. ➜ Je suis ....

À vous de jouer

Écrivez une contrefable

Relisez « Le Loup et la Cigogne » (p. 15) et imaginez la suite à la manière de Gudule. Vous écrirez une « contrefable » en vers ou en prose où la Cigogne trouverait un moyen de se venger du Loup. Comme dans le texte de Gudule, la morale sera positive.

Du texte à l'image

Observez la BD → voir dossier images p. IV

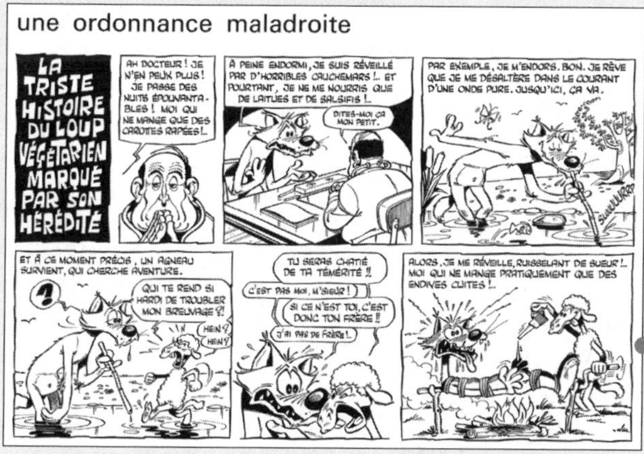

Gotlib (né en 1934), *Rubique-à-brac*, bande dessinée, 2006.

1. Lisez le titre de cette BD. Qu'est-ce que l'hérédité ? Quel est le comportement que nous attendons du loup ? Pourquoi est-ce que l'illustrateur qualifie cette histoire de « triste » ?
2. De quelle fable cette illustration se rapproche-t-elle ?
3. Qui sont les personnages mis en scène ? Où se trouvent-ils au début ? En quoi est-ce inhabituel ?
4. Retrouvez des extraits de la fable de La Fontaine.
5. Comment sont-ils détournés ? Relevez les éléments qui rendent cette adaptation différente ?
6. Quel est l'objectif de l'illustrateur ?

Questions sur...

« Le Loup, la Chèvre et le Chevreau »

La Bique allant remplir sa traînante mamelle
Et paître l'herbe nouvelle,
Ferma sa porte au loquet[1],
Non sans dire à son Biquet :
« Gardez-vous sur votre vie
D'ouvrir que l'on ne vous die[2],
Pour enseigne et mot du guet[3] :
"Foin du[4] Loup et de sa race !" »
Comme elle disait ces mots,
Le Loup de fortune[5] passe ;
Il les recueille à propos,
Et les garde en sa mémoire,
La Bique, comme on peut croire,
N'avait pas vu le glouton.
Dès qu'il la voit partie, il contrefait[6] son ton,
Et d'une voix papelarde[7]
Il demande qu'on ouvre, en disant : « Foin du Loup ! »
Et croyant entrer tout d'un coup.
Le Biquet soupçonneux par la fente regarde.
« Montrez-moi patte blanche, ou je n'ouvrirai point »,
S'écria-t-il d'abord. (Patte blanche est un point
Chez les Loups, comme on sait, rarement en usage.)
Celui-ci, fort surpris d'entendre ce langage,

Comme il était venu s'en retourna chez soi.
Où serait le Biquet s'il eût ajouté foi[8]
Au mot du guet, que de fortune
Notre Loup avait entendu ?

Deux sûretés[9] valent mieux qu'une,
Et le trop[10] en cela ne fut jamais perdu.

La Fontaine, Livre IV, XV.

1. Avec une tige.
2. Sans qu'on vous le dise.
3. Comme mot de passe.
4. Mort.
5. Par hasard.
6. Change.
7. Faussement douce.
8. S'il avait cru.
9. Précautions.
10. Trop de précautions.

1. Les caractéristiques de la fable

1 Citez au moins trois éléments qui prouvent que ce texte est une fable.

2 Les personnages sont-ils humains ? Comment appelle-t-on ce procédé très fréquent dans les fables ?

3 Relevez un exemple de rimes plates, un exemple de rimes croisées et un exemple de rimes embrassées.

2. Les personnages

4 Résumez l'histoire en quelques lignes.

5 Trouvez un groupe nominal qui désigne le Loup. Expliquez le mot employé. Quelle ruse utilise-t-il pour parler au Biquet ?

6 De quelles qualités fait preuve le Biquet ?

7 Quels personnages prennent la parole ? Indiquez les vers. Quel est le but de leur intervention ?

3. La morale

8 Quels vers servent de morale à la fable ? Relevez un indice de la 1re personne. Qui énonce cette morale ?

9 Reformulez cette morale avec vos propres mots.

Le Loup, la Chèvre et le Chevreau, gravure de J.-B. Oudry (XVIIIe s.).

Après la lecture

Genre

La fable, un genre à part entière

Thème

Des animaux et des hommes

Genre

La fable, un genre à part entière

◆ Qu'est-ce qu'une fable ?

C'est un **récit court,** généralement **en vers,** inventé par un fabuliste pour illustrer **une morale**. La fable donne un enseignement, mais toujours par le biais d'une petite histoire amusante afin de **divertir le lecteur** et de capter son attention.

◆ Un genre très ancien

Ce n'est pas très étonnant. Les hommes ont toujours aimé qu'on leur raconte de belles histoires. Ils ont plaisir à être divertis, mais aussi instruits sur ce qu'il faut faire ou ne pas faire. La fable correspond parfaitement à toutes ces attentes : elle propose une **leçon de morale sous une forme agréable**. D'abord transmise oralement, elle est mise par écrit dès l'Antiquité. Et c'est ainsi qu'elle est parvenue jusqu'à nous, plus vivante que jamais !

> *« Être divertis mais aussi instruits sur ce qu'il faut faire ou ne pas faire. »*

Jean de La Fontaine (XVIIe siècle) n'a donc pas inventé le genre de la fable mais il a adapté au goût de son époque :
- des fables en prose du Grec **Ésope** (VIe siècle avant J.-C.)
- des fables en vers du Latin **Phèdre** (Ier siècle après J.-C.)
- **des fables indiennes** très anciennes.

◆ Pourquoi est-il le fabuliste le plus connu de tous ?

Dans ses *Fables*, rassemblées en douze livres qui représentent près de 12 000 vers et 243 fables, La Fontaine cherche davantage à nous divertir qu'à nous donner une leçon de morale. Ses fables sont si vivantes qu'elles deviennent de véritables « contes » ou de petites comédies, ce qui fait leur perfection et leur originalité.

Mise en scène des *Fables* par Robert Wilson à la Comédie-Française, 2004.

◆ Pourquoi avoir choisi d'écrire des fables ?

Dans son œuvre, La Fontaine porte quelquefois un jugement sur la société de son temps et sur le pouvoir établi. Mais, au XVIIe siècle, comment dénoncer les injustices et critiquer les puissants sans risquer d'être poursuivi ? La solution est simple : mettre en scène des animaux qui sont, en fait, les reflets fidèles des hommes. Ce sont eux qui énonceront les critiques et proposeront des solutions, et non le fabuliste, même si les allusions sont transparentes !

Aujourd'hui, de nombreux auteurs écrivent des fables ou modernisent celles de La Fontaine, sous forme de **pastiche** ou de **parodie** (Gudule, Charles Clerc, Pierre Gamara, Jacques Prévert, Claude Roy, Pierre Perret...). Ces fables modernes servent à donner des **leçons plus actuelles et plus positives**. Cependant, les *Fables* de La Fontaine restent très présentes car leurs morales sont devenues des proverbes qui font partie de notre quotidien (publicités, films...). ■

« *Dénoncer les injustices et critiquer les puissants.* »

Des animaux et des hommes

◆ Les animaux

« Je me sers d'animaux pour instruire les hommes », écrivait La Fontaine. En effet, la fable met souvent en scène des **animaux** qui ressemblent beaucoup aux hommes : ils se comportent, parlent et agissent comme eux. Comme les hommes, ils expriment des émotions, sont pourvus de leurs qualités et surtout de leurs défauts ! C'est ce procédé d'**humanisation** qui permet à La Fontaine de parler indirectement des hommes tout en leur laissant deviner qui est mis en cause.

> « *Des animaux qui ressemblent beaucoup aux hommes…* »

Les animaux incarnent donc des comportements ou des défauts humains. Le Lion, par exemple, représente la majesté, le pouvoir ; l'Âne, la bêtise ; le Renard, la ruse. Mais tout n'est pas aussi simple. Prenons le personnage du Loup : il est nettement plus ambigu puisqu'il évoque la cruauté sanguinaire, la puissance dans certaines fables, et la bêtise, la lâcheté ou l'avarice dans d'autres. Le fabuliste dépeint les animaux avec des détails expressifs : la maigreur du loup, le « col pelé » du chien ou le « long bec emmanché d'un long cou » de la cigogne, par exemple, vont renforcer la vivacité des fables.

◆ La morale

Les *Fables* traitent de grandes questions comme l'amour, l'amitié, l'ambition, la justice ou encore la mort par le biais des morales. Ces petites leçons cherchent à transmettre un enseignement et à délivrer un message en utilisant le détour du conte car, comme l'écrit La Fontaine, « Une morale nue apporte de l'ennui / Le conte fait passer le précepte avec lui ». Placée soit au début soit à la fin de la fable, elle est souvent énoncée par le fabuliste ou par un personnage. Elle est alors explicite et prend la forme d'un proverbe. Elle est quelques fois implicite, c'est-à-dire sous-entendue : c'est au lecteur de tirer lui-même la leçon de l'histoire qu'il vient de lire. La morale se présente sous forme :

– **de règles de conduite** tirées du bon sens populaire ;

– **de conseils** adressés à des personnes inexpérimentées ;

– **de constatations souvent pessimistes** qui nous invitent à réfléchir sur des comportements humains injustes.

◆ L'originalité de La Fontaine

Dans ses fables, La Fontaine crée tout un univers de fantaisie et de variété.

Il désigne ses personnages de façon positive ou négative et les laisse s'exprimer dans des dialogues pour donner de la vie à son récit. Il fait des **remarques humoristiques** sur les animaux et les hommes.

Le fabuliste garde une grande liberté de rythme en faisant alterner des alexandrins (12 syllabes), des décasyllabes (10 syllabes), des octosyllabes (8 syllabes) ou des vers encore plus courts. Il varie aussi les systèmes de rimes : elles peuvent être plates (aabb), croisées (abab) ou embrassées (abba).

◆ Une vision du monde

La Fontaine se sert des fables pour exprimer sa vision du monde et donner **son avis sur les comportements des hommes.** Dans « Le Loup et l'Agneau » par exemple, il nous rappelle que le monde est cruel envers les faibles. Même s'il souligne souvent les défauts des hommes, son **humour** lui permet de le faire avec légèreté. À nous d'en tirer des leçons pour notre vie de tous les jours ! ■

> « *La Fontaine se sert de ses fables pour exprimer sa vision du monde.* »

Autres lectures

Charles Perrault

Le Petit Chaperon Rouge

1694

Alphonse Daudet

La Chèvre de Monsieur Seguin

1866

Guy de Maupassant

Le Loup

1883

Explorez les multiples facettes du Loup, tantôt cruel, tantôt ridicule.

Qui sont les auteurs ?

Charles Perrault (1628-1703)

Après avoir célébré la grandeur du Roi-Soleil dans un long poème, *Le Siècle de Louis XIV*, Charles Perrault se met à rédiger des contes tirés de la tradition orale. Parus en 1697, *Les Contes de ma mère l'Oye* veulent à la fois divertir et enseigner, tout comme les fables de La Fontaine.

Alphonse Daudet (1840-1897)

Alphonse Daudet achète un vieux moulin près d'Arles et s'y installe. Il envoie une trentaine de lettres recueillies dans *Les Lettres de mon moulin*, qui sont en fait des contes pleins de fantaisie et d'humour où il évoque la vie quotidienne en Provence.

Guy de Maupassant (1850-1893)

Guy de Maupassant a écrit plus de trois cents nouvelles publiées dans des journaux. Ces courtes histoires, qui se déroulent souvent en Normandie, ont des tonalités réalistes ou fantastiques, mais elles sont toutes marquées par une certaine noirceur.

Le Petit Chaperon Rouge

Il était une fois une petite fille de village, la plus jolie qu'on eût su[1] voir; sa mère en était folle, et sa mère-grand plus folle encore. Cette bonne femme lui fit faire un petit chaperon[2] rouge, qui lui seyait[3] si bien que partout on l'appelait le Petit Chaperon Rouge.

Un jour, sa mère, ayant cuit et fait des galettes, lui dit :

« Va voir comme se porte ta mère-grand[4], car on m'a dit qu'elle était malade, porte-lui une galette et ce petit pot de beurre. »

Le Petit Chaperon Rouge partit aussitôt pour aller chez sa mère-grand, qui demeurait dans un autre village. En passant dans un bois elle rencontra compère le loup, qui eut bien envie de la manger; mais il n'osa, à cause de quelques bûcherons qui étaient dans la forêt. Il lui demanda où elle allait; la pauvre enfant, qui ne savait pas qu'il est dangereux de s'arrêter à écouter un loup, lui dit :

« Je vais voir ma mère-grand, et lui porter une galette avec un petit pot de beurre que ma mère lui envoie.

– Demeure-t-elle[5] bien loin ? lui dit le loup.

– Oh ! oui, dit le Petit Chaperon Rouge, c'est par-delà[6] le moulin que vous voyez tout là-bas, là-bas, à la première maison du village.

– Eh bien ! dit le loup, je veux l'aller voir aussi; je m'y en vais par ce chemin ici, et toi par ce chemin-là, et nous verrons qui plus tôt y sera. »

Le loup se mit à courir de toute sa force par le chemin qui était le plus court, et la petite fille s'en alla par le

1. Qu'on aurait pu.
2. Cape avec une capuche.
3. Allait.
4. Grand-mère.
5. Habite-t-elle.
6. Après.

chemin le plus long, s'amusant à cueillir des noisettes, à courir après des papillons, et à faire des bouquets des petites fleurs qu'elle rencontrait. Le loup ne fut pas longtemps à arriver à la maison de la mère-grand; il heurte[7] : Toc, toc.

« Qui est là ?

– C'est votre fille le Petit Chaperon Rouge (dit le loup, en contrefaisant[8] sa voix) qui vous apporte une galette et un petit pot de beurre que ma mère vous envoie. »

La bonne mère-grand, qui était dans son lit à cause qu'elle se trouvait un peu mal, lui cria :

« Tire la chevillette[9], la bobinette cherra[10]. »

Le loup tira la chevillette, et la porte s'ouvrit. Il se jeta sur la bonne femme, et la dévora en moins de rien; car il y avait plus de trois jours qu'il n'avait mangé. Ensuite il ferma la porte, et s'alla coucher dans le lit de la mère-grand, en attendant le Petit Chaperon Rouge qui, quelque temps après, vint heurter à la porte. Toc, toc.

« Qui est là ? »

Le Petit Chaperon Rouge, qui entendit la grosse voix du loup, eut peur d'abord, mais, croyant que sa mère-grand était enrhumée, répondit :

« C'est votre fille le Petit Chaperon Rouge, qui vous apporte une galette et un petit pot de beurre que ma mère vous envoie. »

Le loup lui cria, en adoucissant un peu sa voix :

« Tire la chevillette, la bobinette cherra. »

Le Petit Chaperon Rouge tira la chevillette, et la porte s'ouvrit. Le loup, la voyant entrer, lui dit en se cachant dans le lit sous la couverture :

7. Frappe.
8. Changeant.
9. Petit crochet.
10. La porte s'ouvrira.

« Mets la galette et le petit pot de beurre sur la huche[11], et viens te coucher avec moi. »

Le Petit Chaperon Rouge se déshabille, et va se mettre dans le lit, où elle fut bien étonnée de voir comment sa mère-grand était faite en son déshabillé[12]. Elle lui dit :

« Ma mère-grand, que vous avez de grands bras !
– C'est pour mieux t'embrasser, ma fille.
– Ma mère-grand, que vous avez de grandes jambes !
– C'est pour mieux courir, mon enfant.
– Ma mère-grand, que vous avez de grandes oreilles !
– C'est pour mieux écouter, mon enfant.
– Ma mère-grand, que vous avez de grands yeux !
– C'est pour mieux voir, mon enfant.
– Ma mère-grand, que vous avez de grandes dents !
– C'est pour te manger. »

Et en disant ces mots, ce méchant loup se jeta sur le Petit Chaperon Rouge, et la mangea.

MORALITÉ

On voit ici que de jeunes enfants,
Surtout de jeunes filles,
Belles, bien faites, et gentilles,
Font très mal d'écouter toute sorte de gens.
Et que ce n'est pas chose étrange,
S'il en est tant[13] que le loup mange.
Je dis le loup, car tous les loups
Ne sont pas de la même sorte ;
Il en est d'une humeur accorte[14],
Sans bruit, sans fiel[15] et sans courroux[16],

11. Coffre où on mettait le pain.
12. Sa tenue de nuit.
13. S'il y en a autant.
14. Gentille.
15. Méchanceté.
16. Colère.

Qui privés, complaisants[17] et doux,
Suivent les jeunes demoiselles
Jusque dans les maisons, jusque dans les ruelles[18] ;
Mais hélas ! qui ne sait que ces loups doucereux[19],
De tous les loups sont les plus dangereux.

17. Aimables.
18. Chambres.
19. Trop doux.

Illustration de Jessie Willcox Smith (XXe s.).

La Chèvre de Monsieur Seguin

À M. Pierre Gringoire[1]*,*
poète lyrique à Paris.

Tu seras bien toujours le même, mon pauvre Gringoire !

Comment ! on t'offre une place de chroniqueur[2] dans un bon journal de Paris, et tu as l'aplomb[3] de refuser... Mais regarde-toi, malheureux garçon ! Regarde ce pourpoint[4] troué, ces chausses[5] en déroute, cette face maigre qui crie la faim. Voilà pourtant où t'a conduit la passion des belles rimes ! Voilà ce que t'ont valu dix ans de loyaux services dans les pages du sire Apollo[6]... Est-ce que tu n'as pas honte, à la fin ?

Fais-toi donc chroniqueur, imbécile ! fais-toi chroniqueur ! Tu gagneras de beaux écus à la rose[7], tu auras ton couvert chez Brébant[8], et tu pourras te montrer les jours de première[9] avec une plume neuve à ta barrette[10]...

Non ? Tu ne veux pas ? Tu prétends rester libre à ta guise jusqu'au bout... Eh bien, écoute un peu l'histoire de la *Chèvre de M. Seguin*. Tu verras ce que l'on gagne à vouloir vivre libre.

M. Seguin n'avait jamais eu de bonheur avec ses chèvres.

Il les perdait toutes de la même façon ; un beau matin, elles cassaient leur corde, s'en allaient dans la montagne, et là-haut le loup les mangeait. Ni les caresses de leur maître, ni la peur du loup, rien ne les retenait. C'étaient, paraît-il, des chèvres indépendantes, voulant à tout prix le grand air et la liberté.

1. Ce poète français (1475-1538) a mené une existence misérable car il a toujours refusé de se plier aux volontés d'un directeur de journal.
2. Journaliste.
3. Audace.
4. Cette veste.
5. Pantalons.
6. Dieu grec de la poésie.
7. Monnaie du Moyen Âge avec un motif central en forme de rose.
8. Restaurant célèbre.
9. Première représentation d'une pièce de théâtre.
10. Petit morceau de tissu ou de bois qui servait à fixer une plume sur un chapeau.

Le brave M. Seguin, qui ne comprenait rien au caractère de ses bêtes, était consterné[11]. Il disait :

« C'est fini ; les chèvres s'ennuient chez moi, je n'en garderai pas une. »

Cependant, il ne se découragea pas, et, après avoir perdu six chèvres de la même manière, il en acheta une septième ; seulement, cette fois, il eut soin de la prendre toute jeune, pour qu'elle s'habituât mieux à demeurer chez lui.

Ah ! Gringoire, qu'elle était jolie la petite chèvre de M. Seguin ! qu'elle était jolie avec ses yeux doux, sa barbiche de sous-officier, ses sabots noirs et luisants, ses cornes zébrées et ses longs poils blancs qui lui faisaient une houppelande[12] ! C'était presque aussi charmant que le cabri d'Esméralda[13] – tu te rappelles, Gringoire ? – et puis, docile, caressante, se laissant traire sans bouger, sans mettre son pied dans l'écuelle. Un amour de petite chèvre…

M. Seguin avait derrière sa maison un clos entouré d'aubépines[14]. C'est là qu'il mit la nouvelle pensionnaire. Il l'attacha à un pieu au plus bel endroit du pré, en ayant soin de lui laisser beaucoup de corde, et de temps en temps il venait voir si elle était bien. La chèvre se trouvait très heureuse et broutait l'herbe de si bon cœur que M. Seguin était ravi.

« Enfin, pensait le pauvre homme, en voilà une qui ne s'ennuiera pas chez moi ! »

M. Seguin se trompait, sa chèvre s'ennuya.

Un jour, elle se dit en regardant la montagne :

« Comme on doit être bien là-haut ! Quel plaisir de gambader[15] dans la bruyère, sans cette maudite longe[16]

11. Désolé.
12. Un manteau long.
13. Personnage du roman de Victor Hugo, *Notre-Dame de Paris*.
14. Arbustes épineux.
15. Bondir.
16. Corde qui sert à attacher les animaux.

qui vous écorche le cou!... C'est bon pour l'âne ou le bœuf de brouter dans un clos[17] !... Les chèvres, il leur faut du large. »

À partir de ce moment, l'herbe du clos lui parut fade. L'ennui lui vint. Elle maigrit, son lait se fit rare. C'était pitié de la voir tirer tout le jour sur sa longe, la tête tournée du côté de la montagne, la narine ouverte, en faisant *Mé!...* tristement.

M. Seguin s'apercevait bien que sa chèvre avait quelque chose, mais il ne savait pas ce que c'était... Un matin, comme il achevait de la traire, la chèvre se retourna et lui dit dans son patois[18] :

« Écoutez, monsieur Seguin, je me languis[19] chez vous, laissez-moi aller dans la montagne.

– Ah ! mon Dieu !... Elle aussi ! » cria M. Seguin stupéfait, et du coup il laissa tomber son écuelle; puis, s'asseyant dans l'herbe à côté de sa chèvre :

« Comment, Blanquette, tu veux me quitter ! »

Et Blanquette répondit :

« Oui, monsieur Seguin.

– Est-ce que l'herbe te manque ici ?

– Oh ! non, monsieur Seguin.

– Tu es peut-être attachée de trop court. Veux-tu que j'allonge la corde ?

– Ce n'est pas la peine, monsieur Seguin.

– Alors, qu'est-ce qu'il te faut ? qu'est-ce que tu veux ?

– Je veux aller dans la montagne, monsieur Seguin.

– Mais, malheureuse, tu ne sais pas qu'il y a le loup dans la montagne... Que feras-tu quand il viendra ?

– Je lui donnerai des coups de corne, monsieur Seguin.

17. Pré fermé.
18. Sa langue.
19. M'ennuie.

– Le loup se moque bien de tes cornes. Il m'a mangé des biques[20] autrement encornées que toi… Tu sais bien, la pauvre vieille Renaude qui était ici l'an dernier ? une maîtresse chèvre, forte et méchante comme un bouc. Elle s'est battue avec le loup toute la nuit… puis, le matin, le loup l'a mangée.

– Pécaïre[21] ! Pauvre Renaude !… Ça ne fait rien, monsieur Seguin, laissez-moi aller dans la montagne.

– Bonté divine !… dit M. Seguin ; mais qu'est-ce qu'on leur fait donc à mes chèvres ? Encore une que le loup va me manger… Eh bien, non… je te sauverai malgré toi, coquine ! et de peur que tu ne rompes ta corde, je vais t'enfermer dans l'étable, et tu y resteras toujours. »

Là-dessus, M. Seguin emporte la chèvre dans une étable toute noire, dont il ferma la porte à double tour. Malheureusement, il avait oublié la fenêtre, et à peine eut-il le dos tourné, que la petite s'en alla.

Tu ris, Gringoire ? Parbleu ! je crois bien ; tu es du parti des chèvres, toi, contre ce bon M. Seguin… Nous allons voir si tu riras tout à l'heure.

Quand la chèvre blanche arriva dans la montagne, ce fut un ravissement général. Jamais les vieux sapins n'avaient rien vu d'aussi joli. On la reçut comme une petite reine. Les châtaigniers se baissaient jusqu'à terre pour la caresser du bout de leurs branches. Les genêts d'or[22] s'ouvraient sur son passage, et sentaient bon tant qu'ils pouvaient. Toute la montagne lui fit fête.

Tu penses, Gringoire, si notre chèvre était heureuse ! Plus de corde, plus de pieu… rien qui l'empêchât de gambader, de brouter à sa guise… C'est là qu'il y en avait de l'herbe ! jusque par-dessus les cornes, mon cher !… Et

20. Chèvres.
21. Juron provençal.
22. Arbustes à fleurs jaunes.

quelle herbe! Savoureuse, fine, dentelée, faite de mille plantes... C'était bien autre chose que le gazon du clos. Et les fleurs donc!... De grandes campanules bleues, des digitales[23] de pourpre à longs calices, toute une forêt de fleurs sauvages débordant de sucs capiteux[24]!...

La chèvre blanche, à moitié saoule, se vautrait là-dedans les jambes en l'air et roulait le long des talus, pêle-mêle avec les feuilles tombées et les châtaignes... Puis, tout à coup, elle se redressait d'un bond sur ses pattes. Hop! la voilà partie, la tête en avant, à travers les maquis[25] et les buissières[26], tantôt sur un pic, tantôt au fond d'un ravin, là-haut, en bas, partout... On aurait dit qu'il y avait dix chèvres de M. Seguin dans la montagne. C'est qu'elle n'avait peur de rien, la Blanquette.

Elle franchissait d'un saut de grands torrents qui l'éclaboussaient au passage de poussière humide et d'écume. Alors, toute ruisselante, elle allait s'étendre sur quelque roche plate et se faisait sécher par le soleil... Une fois, s'avançant au bord d'un plateau, une fleur de cytise[27] aux dents, elle aperçut en bas, tout en bas dans la plaine, la maison de M. Seguin avec le clos derrière. Cela la fit rire aux larmes.

« Que c'est petit! dit-elle; comment ai-je pu tenir là-dedans? »

Pauvrette! de se voir si haut perchée, elle se croyait au moins aussi grande que le monde...

En somme, ce fut une bonne journée pour la chèvre de M. Seguin. Vers le milieu du jour, en courant de droite et de gauche, elle tomba dans un groupe de chamois[28] en train de croquer une lambrusque[29] à belles dents.

23. Fleurs des montagnes.
24. Enivrants.
25. Broussailles.
26. Massifs de buis.
27. Arbre à fleurs jaunes.
28. Chèvres sauvages.
29. Vigne sauvage.

Notre petite coureuse en robe blanche fit sensation. On lui donna la meilleure place à la lambrusque, et tous ces messieurs furent très galants… Il paraît même – ceci doit rester entre nous, Gringoire – qu'un jeune chamois à pelage noir eut la bonne fortune de plaire à Blanquette. Les deux amoureux s'égarèrent parmi le bois une heure ou deux, et si tu veux savoir ce qu'ils dirent, va le demander aux sources bavardes qui courent invisibles dans la mousse.

Tout à coup le vent fraîchit. La montagne devint violette ; c'était le soir…

« Déjà ! » dit la petite chèvre, et elle s'arrêta fort étonnée.

En bas, les champs étaient noyés de brume. Le clos de M. Seguin disparaissait dans le brouillard, et de la maisonnette on ne voyait plus que le toit avec un peu de fumée. Elle écouta les clochettes d'un troupeau qu'on ramenait, et se sentit l'âme toute triste… Un gerfaut[30], qui rentrait, la frôla de ses ailes en passant. Elle tressaillit… puis ce fut un hurlement dans la montagne :

« Hou ! hou ! »

Elle pensa au loup, de tout le jour la folle n'y avait pas pensé… Au même moment une trompe sonna bien loin dans la vallée. C'était ce bon M. Seguin qui tentait un dernier effort.

« Hou ! hou !… faisait le loup.

– Reviens ! reviens !… » criait la trompe.

Blanquette eut envie de revenir ; mais en se rappelant le pieu, la corde, la haie du clos, elle pensa que mainte-

30. Grand faucon.

nant elle ne pouvait plus se faire à cette vie, et qu'il valait mieux rester.

La trompe ne sonnait plus...

La chèvre entendit derrière elle un bruit de feuilles. Elle se retourna et vit dans l'ombre deux oreilles courtes, toutes droites, avec deux yeux qui reluisaient… C'était le loup.

Énorme, immobile, assis sur son train de derrière, il était là regardant la petite chèvre blanche et la dégustant par avance. Comme il savait bien qu'il la mangerait, le loup ne se pressait pas ; seulement, quand elle se retourna, il se mit à rire méchamment.

« Ha ! ha ! la petite chèvre de M. Seguin » ; et il passa sa grosse langue rouge sur ses babines d'amadou[31].

Blanquette se sentit perdue… Un moment, en se rappelant l'histoire de la vieille Renaude, qui s'était battue toute la nuit pour être mangée le matin, elle se dit qu'il vaudrait peut-être mieux se laisser manger tout de suite ; puis, s'étant ravisée, elle tomba en garde[32], la tête basse et la corne en avant, comme une brave chèvre de M. Seguin qu'elle était… Non pas qu'elle eût l'espoir de tuer le loup – les chèvres ne tuent pas le loup – mais seulement pour voir si elle pourrait tenir aussi longtemps que la Renaude.

Alors le monstre s'avança, et les petites cornes entrèrent en danse.

Ah ! la brave petite chevrette, comme elle y allait de bon cœur ! Plus de dix fois, je ne mens pas, Gringoire, elle força le loup à reculer pour reprendre haleine. Pendant ces trêves d'une minute, la gourmande cueillait en hâte encore un brin de sa chère herbe ; puis elle retournait

31. Noires.
32. En position de combat.

au combat, la bouche pleine… Cela dura toute la nuit. De temps en temps la chèvre de M. Seguin regardait les étoiles danser dans le ciel clair, et elle se disait :

« Oh ! pourvu que je tienne jusqu'à l'aube… »

L'une après l'autre, les étoiles s'éteignirent. Blanquette redoubla de coups de cornes, le loup de coups de dents… Une lueur pâle parut dans l'horizon… Le chant du coq enroué monta d'une métairie[33].

« Enfin ! » dit la pauvre bête, qui n'attendait plus que le jour pour mourir ; et elle s'allongea par terre dans sa belle fourrure blanche toute tachée de sang…

Alors le loup se jeta sur la petite chèvre et la mangea.

Adieu, Gringoire !

L'histoire que tu as entendue n'est pas un conte de mon invention. Si jamais tu viens en Provence, nos ménagers[34] te parleront souvent de la *cabro de moussu Seguin, que se battégue touto la neui emé lou loup, e piei lou matin lou loup la mangé*[35].

Tu m'entends bien, Gringoire :

E piei lou matin lou loup la mangé.

33. Ferme.
34. Fermiers.
35. En provençal : « La chèvre de M. Seguin, qui se battit toute la nuit avec le loup, et puis, le matin, le loup la mangea » (note de Daudet).

Le Loup

VOICI CE QUE NOUS RACONTA le vieux marquis d'Arville à la fin du dîner de Saint-Hubert[1], chez le baron des Ravels.

On avait forcé[2] un cerf dans le jour. Le marquis était le seul des convives[3] qui n'eût[4] point pris part à cette poursuite, car il ne chassait jamais.

Pendant toute la durée du grand repas, on n'avait guère parlé que de massacres d'animaux. Les femmes elles-mêmes s'intéressaient aux récits sanguinaires[5] et souvent invraisemblables, et les orateurs mimaient les attaques et les combats d'hommes contre les bêtes, levaient les bras, contaient d'une voix tonnante[6].

M. d'Arville parlait bien, avec une certaine poésie un peu ronflante[7], mais pleine d'effet. Il avait dû répéter souvent cette histoire, car il la disait couramment, n'hésitant pas sur les mots choisis avec habileté pour faire image.

« Messieurs, je n'ai jamais chassé, mon père non plus, mon grand-père non plus, et, non plus, mon arrière-grand-père. Ce dernier était fils d'un homme qui chassa plus que vous tous. Il mourut en 1764. Je vous dirai comment.

Il se nommait Jean, était marié, père de cet enfant qui fut mon trisaïeul[8], et il habitait avec son frère cadet, François d'Arville, notre château de Lorraine, en pleine forêt.

François d'Arville était resté garçon[9] par amour de la chasse.

Ils chassaient tous deux d'un bout à l'autre de l'année, sans repos, sans arrêt, sans lassitude. Ils n'aimaient que cela, ne comprenaient pas autre chose, ne parlaient que de cela, ne vivaient que pour cela.

1. Saint patron des chasseurs. Un festin est organisé le jour de sa fête, le 3 novembre.
2. Traqué.
3. Invités.
4. N'ait.
5. Sanglants, cruels.
6. Retentissante.
7. Creuse.
8. Arrière arrière-grand-père.
9. Célibataire.

Ils avaient au cœur cette passion terrible, inexorable[10]. Elle les brûlait, les ayant envahis tout entiers, ne laissant de place pour rien autre.

Ils avaient défendu qu'on les dérangeât jamais en chasse, pour aucune raison. Mon trisaïeul naquit pendant que son père suivait un renard, et Jean d'Arville n'interrompit point sa course, mais il jura : « Nom d'un nom, ce gredin-là aurait bien pu attendre après l'hallali[11] ! »

Son frère François se montrait encore plus emporté que lui. Dès son lever, il allait voir les chiens, puis les chevaux, puis il tirait des oiseaux autour du château jusqu'au moment de partir pour forcer quelque grosse bête.

On les appelait dans le pays M. le Marquis et M. le Cadet, les nobles d'alors ne faisant point, comme la noblesse d'occasion de notre temps, qui veut établir dans les titres une hiérarchie descendante; car le fils d'un marquis n'est pas plus comte, ni le fils d'un vicomte baron, que le fils d'un général n'est colonel de naissance. Mais la vanité mesquine du jour[12] trouve profit à cet arrangement.

Je reviens à mes ancêtres.

Ils étaient, paraît-il, démesurément grands, osseux, poilus, violents et vigoureux. Le jeune, plus haut encore que l'aîné, avait une voix tellement forte que, suivant une légende dont il était fier, toutes les feuilles de la forêt s'agitaient quand il criait.

Et lorsqu'ils se mettaient en selle tous deux pour partir en chasse, ce devait être un spectacle superbe de voir ces deux géants enfourcher[13] leurs grands chevaux.

Or, vers le milieu de l'hiver de cette année 1764, les froids furent excessifs et les loups devinrent féroces.

10. Qui ne les quittait jamais.
11. La fin de la chasse.
12. L'esprit étroit de notre époque.
13. Monter.

Ils attaquaient même les paysans attardés, rôdaient la nuit autour des maisons, hurlaient du coucher du soleil à son lever et dépeuplaient les étables.

Et bientôt une rumeur circula. On parlait d'un loup colossal, au pelage gris, presque blanc, qui avait mangé deux enfants, dévoré le bras d'une femme, étranglé tous les chiens de garde du pays et qui pénétrait sans peur dans les enclos pour venir flairer sous les portes. Tous les habitants affirmaient avoir senti son souffle qui faisait vaciller[14] la flamme des lumières. Et bientôt une panique courut par toute la province. Personne n'osait plus sortir dès que tombait le soir. Les ténèbres semblaient hantées par l'image de cette bête.

Les frères d'Arville résolurent[15] de la trouver et de la tuer, et ils convièrent[16] à de grandes chasses tous les gentilshommes du pays.

Ce fut en vain. On avait beau battre les forêts, fouiller les buissons, on ne la rencontrait jamais. On tuait des loups, mais pas celui-là. Et, chaque nuit qui suivait la battue[17], l'animal, comme pour se venger, attaquait quelque voyageur ou dévorait quelque bétail, toujours loin du lieu où on l'avait cherché.

Une nuit enfin, il pénétra dans l'étable aux porcs du château d'Arville et mangea les deux plus beaux élèves[18].

Les deux frères furent enflammés de colère, considérant cette attaque comme une bravade[19] du monstre, une injure directe, un défi. Ils prirent tous leurs forts limiers[20] habitués à poursuivre les bêtes redoutables, et ils se mirent en chasse, le cœur soulevé de fureur.

Depuis l'aurore jusqu'à l'heure où le soleil empourpré[21] descendit derrière les grands arbres nus, ils battirent les fourrés sans rien trouver.

14. Trembler.
15. Décidèrent.
16. Invitèrent.
17. Chasse.
18. Cochons.
19. Provocation.
20. Grands chiens de chasse.
21. Rouge.

Tous deux enfin, furieux et désolés, revenaient au pas de leurs chevaux par une allée bordée de broussailles, et s'étonnaient de leur science déjouée[22] par ce loup, saisis soudain d'une sorte de crainte mystérieuse.

L'aîné disait : « Cette bête-là n'est point ordinaire. On dirait qu'elle pense comme un homme. »

Le cadet répondit : « On devrait peut-être faire bénir une balle par notre cousin l'évêque, ou prier quelque prêtre de prononcer les paroles qu'il faut. »

Puis ils se turent.

Jean reprit : « Regarde le soleil, s'il est rouge. Le grand loup va faire quelque malheur cette nuit. »

Il n'avait point fini de parler que son cheval se cabra[23] ; celui de François se mit à ruer. Un large buisson couvert de feuilles mortes s'ouvrit devant eux, et une bête colossale, toute grise, surgit, qui détala à travers le bois.

Tous deux poussèrent une sorte de grognement de joie, et, se courbant sur l'encolure de leurs pesants chevaux, ils les jetèrent en avant d'une poussée de tout leur corps, les lançant d'une telle allure, les excitant, les entraînant, les affolant de la voix, du geste et de l'éperon, que les forts cavaliers semblaient porter les lourdes bêtes entre leurs cuisses comme s'ils s'envolaient.

Ils allaient ainsi, ventre à terre[24], crevant les fourrés, coupant les ravins, grimpant les côtes, dévalant dans les gorges, et sonnant du cor[25] à pleins poumons pour attirer leurs gens et leurs chiens.

Et voilà que soudain, dans cette course éperdue, mon aïeul heurta du front une branche énorme qui lui fendit le crâne ; et il tomba raide mort sur le sol, tandis

22. Trompée.
23. Se dressa sur ses pattes de derrière.
24. À toute allure.
25. Trompette pour la chasse.

que son cheval affolé s'emportait, disparaissait dans l'ombre enveloppant les bois.

Le cadet d'Arville s'arrêta net, sauta par terre, saisit dans ses bras son frère, et il vit que la cervelle coulait de la plaie avec le sang.

Alors il s'assit auprès du corps, posa sur ses genoux la tête défigurée et rouge, et il attendit en contemplant cette face immobile de l'aîné. Peu à peu une peur l'envahissait, une peur singulière qu'il n'avait jamais sentie encore, la peur de l'ombre, la peur de la solitude, la peur du bois désert et la peur aussi du loup fantastique qui venait de tuer son frère pour se venger d'eux.

Les ténèbres s'épaississaient, le froid aigu faisait craquer les arbres. François se leva, frissonnant, incapable de rester là plus longtemps, se sentant presque défaillir[26]. On n'entendait plus rien, ni la voix des chiens ni le son des cors, tout était muet par l'invisible horizon; et ce silence morne[27] du soir glacé avait quelque chose d'effrayant et d'étrange.

Il saisit dans ses mains de colosse[28] le grand corps de Jean, le dressa et le coucha sur la selle pour le reporter au château; puis il se remit en marche doucement, l'esprit troublé comme s'il était gris[29], poursuivi par des images horribles et surprenantes.

Et, brusquement, dans le sentier qu'envahissait la nuit, une grande forme passa. C'était la bête. Une secousse d'épouvante agita le chasseur; quelque chose de froid, comme une goutte d'eau, lui glissa le long des reins, et il fit, ainsi qu'un moine hanté du diable, un grand signe de croix, éperdu à ce retour brusque de l'effrayant rôdeur. Mais ses yeux retombèrent sur le corps inerte couché

26. S'évanouir.
27. Triste.
28. Géant.
29. Ivre.

devant lui, et soudain, passant brusquement de la crainte à la colère, il frémit d'une rage désordonnée.

Alors il piqua son cheval et s'élança derrière le loup.

Il le suivait par les taillis, les ravines[30] et les futaies[31], traversant des bois qu'il ne reconnaissait plus, l'œil fixé sur la tache blanche qui fuyait dans la nuit descendue sur la terre.

Son cheval aussi semblait animé d'une force et d'une ardeur inconnues. Il galopait le cou tendu, droit devant lui, heurtant aux arbres, aux rochers, la tête et les pieds du mort jeté en travers sur la selle. Les ronces arrachaient les cheveux; le front, battant les troncs énormes, les éclaboussait de sang; les éperons déchiraient des lambeaux d'écorce.

Et, soudain, l'animal et le cavalier sortirent de la forêt et se ruèrent[32] dans un vallon, comme la lune apparaissait au-dessus des monts. Ce vallon était pierreux, fermé par des roches énormes, sans issue possible; et le loup acculé[33] se retourna.

François alors poussa un hurlement de joie que les échos répétèrent comme un roulement de tonnerre, et il sauta de cheval, son coutelas[34] à la main.

La bête hérissée, le dos rond, l'attendait; ses yeux luisaient comme deux étoiles. Mais, avant de livrer bataille, le fort chasseur, empoignant son frère, l'assit sur une roche, et, soutenant avec des pierres sa tête qui n'était plus qu'une tache de sang, il lui cria dans les oreilles, comme s'il eût parlé à un sourd : « Regarde, Jean, regarde ça ! »

Puis il se jeta sur le monstre. Il se sentait fort à culbuter une montagne, à broyer des pierres dans ses mains. La bête le voulut mordre, cherchant à lui fouiller le

30. Ravins.
31. Forêts.
32. Se précipitèrent.
33. Pris au piège.
34. Grand couteau de chasse.

ventre ; mais il l'avait saisie par le cou, sans même se servir de son arme, et il l'étranglait doucement, écoutant s'arrêter les souffles de sa gorge et les battements de son cœur. Et il riait, jouissant éperdument, serrant de plus en plus sa formidable étreinte, criant, dans un délire de joie : « Regarde, Jean, regarde ! » Toute résistance cessa ; le corps du loup devint flasque. Il était mort.

Alors François, le prenant à pleins bras, l'emporta et le vint jeter aux pieds de l'aîné en répétant d'une voix attendrie : « Tiens, tiens, tiens, mon petit Jean, le voilà ! »

Puis il replaça sur sa selle les deux cadavres l'un sur l'autre ; et il se remit en route.

Il rentra au château, riant et pleurant, comme Gargantua[35] à la naissance de Pantagruel, poussant des cris de triomphe et trépignant d'allégresse en racontant la mort de l'animal, et gémissant et s'arrachant la barbe en disant celle[36] de son frère.

Et souvent, plus tard, quand il reparlait de ce jour, il prononçait, les larmes aux yeux : « Si seulement ce pauvre Jean avait pu me voir étrangler l'autre, il serait mort content, j'en suis sûr ! »

La veuve de mon aïeul inspira à son fils orphelin l'horreur de la chasse, qui s'est transmise de père en fils jusqu'à moi. »

Le marquis d'Arville se tut. Quelqu'un demanda : « Cette histoire est une légende, n'est-ce pas ? »

Et le conteur répondit : « Je vous jure qu'elle est vraie d'un bout à l'autre. »

Alors une femme déclara d'une petite voix douce : « C'est égal, c'est beau d'avoir des passions pareilles. »

35. Héros des romans de Rabelais (1483-1553). À la naissance de son fils Pantagruel, le géant Gargantua rit de joie mais pleura aussi sa femme, qui mourut pendant l'accouchement.

36. La mort.

À lire

Les fables d'aujourd'hui…

- **Pierre Gamara**, ***Salut, Monsieur de la Fontaine***, éd. Le Temps des Cerises, 2005
Des fables modernes écrites à la manière de La Fontaine.

- **Gudule**, ***Après vous M. de La Fontaine, contrefables***, éd. Le Livre de Poche Jeunesse, 1995
Pour connaître la suite de dix-huit fables de La Fontaine dont les morales sont trop cruelles au goût de l'auteur.

- **Pierre Perret**, ***Le Petit Perret des Fables***, éd. Lattès, 1992
Une adaptation désopilante des fables les plus connues de La Fontaine… en argot.

- **Yak Rivais**, ***Viens jouer dans le bac à fables !***, éd. Lo Païs, 1999
Redécouvrez certaines fables de La Fontaine à la sauce Rivais !

- ***La Fontaine aux fables***, 2004
Des dessinateurs connus relisent les fables en bande-dessinée.

Des romans sur les Loups

- **Melvin Burgess**, ***Le Cri du loup***, éd. Pocket Jeunesse, 1998
En Angleterre, la lutte des derniers loups contre un chasseur décidé à les exterminer.

- **Daniel Pennac**, ***L'Œil du loup***, éd. Gallimard-Jeunesse, 2005
L'amitié entre un loup et un petit garçon qui ont chacun un univers à partager.

- **Florence Reynaud**, ***L'Enfant-Loup***, éd. Le Livre de Poche Jeunesse, 2007
À la fin du XIXe siècle, un enfant est élevé au milieu des loups.

- **Anne Mirman**, ***Un jour, un enfant, un loup***, éd. Le Livre de Poche Jeunesse, 2008
Pour connaître la vie des loups blancs de l'Arctique.

- **Grégoire Solotareff et Olga Lecaye**, ***Neige***, éd. L'École des loisirs, 2002
Quand un loup noir rencontre un loup blanc...

À voir

- ***Le Roman de Renart***, **Thierry Schiel**, film d'animation, 2005
Renart est un hors-la-loi malin, aimé des grands et des petits. Et Ysengrin, le loup, que devient-il ?

- **www.lafontaine.net**
Découvrez la vie du fabuliste, amusez-vous à écrire vos fables à la manière de..., et recevez chez vous une fable par jour.

- **Musée Jean de La Fontaine**
12, rue de Jean de La Fontaine – 02400 Château-Thierry
www.musee-jean-de-la-fontaine.fr
La maison natale du fabuliste a été transformée en musée. À découvrir...

Table des illustrations

Conception graphique : Julie Lannes
Design de couverture : Denis Hoch
Recherche iconographique : Gaëlle Mary
Mise en page : ScienTech Livre
Édition : Valérie Antoni
Fabrication : Jacques Lannoy

COLLÈGE

73. **Balzac**, *Adieu*
65. **Bédier**, *Tristan et Iseut*
74. **Chrétien de Troyes**, *Yvain, le Chevalier au lion*
51. **Courteline**, *Le gendarme est sans pitié*
38. **Dumas**, *Les Frères corses*
71. **Feydeau**, *Un fil à la patte*
67. **Gautier**, *La Morte amoureuse*
1. **Homère**, *L'Odyssée*
29. **Hugo**, *Le Dernier Jour d'un condamné*
80. **Hugo**, *Claude Gueux*
2. **La Fontaine**, *Le Loup dans les Fables*
3. **Leprince de Beaumont**, *La Belle et la Bête*
10. **Maupassant**, *Boule de suif*
26. **Maupassant**, *La Folie dans les nouvelles fantastiques*
43. **Maupassant**, *Quatre nouvelles normandes* (anthologie)
62. **Mérimée**, *Carmen*
11. **Mérimée**, *La Vénus d'Ille*
68. **Molière**, *George Dandin*
7. **Molière**, *L'Avare*
23. **Molière**, *Le Bourgeois gentilhomme*
58. **Molière**, *Le Malade imaginaire*
70. **Molière**, *Le Médecin malgré lui*
52. **Molière**, *Le Sicilien*
36. **Molière**, *Les Fourberies de Scapin*
76. **Molière**, *L'École des femmes*
6. **Nicodème**, *Wiggins et le perroquet muet*
21. **Noguès**, *Le Faucon déniché*
59. **Perrault**, *Trois contes* (anthologie)
8. **Pouchkine**, *La Dame de pique*
39. **Rostand**, *Cyrano de Bergerac*
24. **Simenon**, *L'Affaire Saint-Fiacre*
9. **Stevenson**, *Le Cas étrange du Dr Jekyll et de M. Hyde*
54. **Tolstoï**, *Enfance*
61. **Verne**, *Un hivernage dans les glaces*
25. **Voltaire**, *Le Monde comme il va*
53. **Zola**, *Nantas*
42. **Zweig**, *Le Joueur d'échecs*
64. *Ali Baba et les quarante voleurs*
81. *Anthologie du slam*
4. *La Farce du cuvier* (anonyme)
37. *Le Roman de Renart* (anonyme)
41. *Les Textes fondateurs* (anthologie)
44. *Quatre contes de sorcières* (anthologie)
5. *Quatre fabliaux du Moyen Âge* (anthologie)
27. *Quatre nouvelles réalistes sur l'argent* (anthologie)
22. *Trois contes sur la curiosité* (anthologie)

LYCÉE

33. **BALZAC**, *Gobseck*
60. **BALZAC**, *L'Auberge rouge*
47. **BALZAC**, *La Duchesse de Langeais*
18. **BALZAC**, *Le Chef-d'œuvre inconnu*
72. **BALZAC**, *Pierre Grassou*
32. **BEAUMARCHAIS**, *Le Mariage de Figaro*
20. **CORNEILLE**, *Le Cid*
78. **CORNEILLE**, *Médée*
56. **FLAUBERT**, *Un cœur simple*
49. **HUGO**, *Ruy Blas*
77. **HUGO**, *Pauca Meae*
57. **MARIVAUX**, *Les Acteurs de bonne foi*
48. **MARIVAUX**, *L'Île des esclaves*
19. **MAUPASSANT**, *La Maison Tellier*
69. **MAUPASSANT**, *Une Partie de campagne*
55. **MOLIÈRE**, *Amphitryon*
15. **MOLIÈRE**, *Dom Juan*
35. **MOLIÈRE**, *Le Tartuffe*
79. **MOLIÈRE**, *Le Misanthrope*
63. **MUSSET**, *Les Caprices de Marianne*
14. **MUSSET**, *On ne badine pas avec l'amour*
46. **RACINE**, *Andromaque*
66. **RACINE**, *Britannicus*
30. **RACINE**, *Phèdre*
13. **RIMBAUD**, *Illuminations*
50. **VERLAINE**, *Fêtes galantes, Romances sans paroles*
45. **VOLTAIRE**, *Candide*
17. **VOLTAIRE**, *Micromégas*
31. *L'Encyclopédie* (anthologie)
75. *L'Homme en débat au XVIIIe siècle* (anthologie)
82. *Nouvelles réalistes et naturalistes* (anthologie)

Imprimé en France par la Nouvelle Imprimerie Laballery
N° édition : 10250848 - Dépôt légal : avril 2019 - N° dimpression : 901337
La Nouvelle Imprimerie Laballery est titulaire de la marque Imprim'Vert®